Oetinger

Bettina Obrecht, 1964 in Lörrach geboren, studierte Englisch und Spanisch und arbeitet als Autorin, Übersetzerin und freie Mitarbeiterin beim Rundfunk. Für ihre Kurzprosa und Lyrik wurde sie mehrfach ausgezeichnet. 1994 veröffentlichte sie bei Oetinger ihr erstes Kinderbuch. Mit ihrem »scharfen Blick für die Sorgen und Nöte von Kindern und der Fähigkeit, daraus genaue, ungewöhnliche und griffige Geschichten zu entwickeln«, hat sie sich seitdem in die »Garde wichtiger Kinderbuchautorinnen hineingeschrieben« (Eselsohr) und Texte für alle Altersstufen geschaffen. Neben *Designer-Baby* gibt es von Bettina Obrecht bei Oetinger zahlreiche Erstlesebücher sowie die Bilderbücher *Der Hase im Mond* und *Wüstenfreunde* (beide Illustration: Katrin Engelking).

Bettina Obrecht

Designer-Baby

Verlag Friedrich Oetinger · Hamburg

Einband von Karoline Kehr
Satz: Utesch GmbH, Hamburg
Druck und Bindung: GGP Media, Pößneck
Printed in Germany 2003
ISBN 3-7891-4427-4

www.oetinger.de

Teil 1

Die Schule

1.

Meine erste Idee war die: Ich scanne ein Foto von mir ein und jage es einfach raus ins Netz. Als Horrorshow. Ich wette, ihr habt noch nie ein so hässliches Mädchen gesehen. Gut, hässliche alte Leute gibt es wohl da draußen noch. Aber die jüngeren Leute und die Kinder sehen jetzt alle richtig aus. Das weiß ich aus dem Fernsehen.

Die Menschen sind inzwischen vollkommen. Außer uns hier an der Schule. Und den Kindern an den anderen *Genosan*-Schulen. Wir alle haben einen Defekt. Das heißt, an uns ist etwas nicht richtig. Nicht so, wie es sein soll. Deswegen leben wir hier weit weg von der Stadt. Unsere Schule liegt mitten im wilden Wald.

Dann habe ich gedacht, ich schicke ein Gruppenfoto von uns raus. Von Nelly, Konrad, Tim. Uns *Genosan*-Kids. Aber ich will euch ja nicht total schocken. Womöglich fallt ihr in Ohnmacht oder euer PC stürzt ab.

Unsere B.P. Rika (B.P. heißt Bezugsperson) hat gesagt, dass früher viele Kinder so ausgesehen haben wie wir. Die Leute haben das früher für normal gehalten. Man konnte ja auch noch nichts dagegen tun. Aber inzwischen kann sich bestimmt keiner von euch mehr vorstellen, wie sich so ein schiefes, hässliches Gesicht anfühlt und wie man mit diesen verdrehten oder ungleichen Beinen überhaupt laufen kann.

Eins kann ich schon mal sagen: Weh tut es nicht. Kann sein, dass ein Schnupfen schlimmer ist, wenn man eine große, schiefe Nase hat. Keine Ahnung. Ich weiß auch nicht, ob die Welt anders aussieht, wenn man sie durch normale blaue oder braune Augen anschaut. Meine Augen sind nämlich rot. Das sieht aber keiner, weil ich jeden Morgen die blauen Kontaktlinsen einsetze.

Nelly hat tiefblaue Augen. Ich meine, ganz ohne Kontaktlinsen. Die Augen sind richtig. Aber alles andere an Nelly sieht überhaupt nicht richtig aus. Nelly ist trotzdem meine beste Freundin. Wir haben schon immer im selben Zimmer geschlafen. Sogar zu den Tests können wir zusammen gehen, weil wir im selben Monat geboren sind. Pures Glück. Wenn man ohne Freundin zu den Untersuchungen gehen muss, langweilt man sich zu Tode. Man muss ewig warten, bis man an der Reihe ist. Aber Angst habe ich keine mehr. Komisch. Nelly hat immer noch Angst vor den Tests, besonders wenn sie Blut abnehmen. Als ich klein war, habe ich auch geweint. Aber jetzt fürchte ich mich schon lange nicht mehr.

Die Gesundenschwestern (ich habe gelesen, dass die früher Krankenschwestern hießen, das muss man sich mal vorstellen!) behaupten, wenn wir regelmäßig zu den Untersuchungen gehen, dann können die Ärzte irgendwann mal machen, dass wir so aussehen wie die Leute im Fernsehen. Und wenn wir normal aussehen würden, könnten wir vielleicht von hier weggehen. Ich meine, richtig weg von *Genosan*. Aber wir wollen nicht weg. Wir sind hier zu Hause. Ich würde vielleicht mal kurz in ein anderes Land gehen. In anderen Ländern kann man auch für *Genosan* arbeiten. Die helfen überall.

Außer unserer Schule und dem Institut kenne ich nur den Paradiesgarten und den Wald direkt vor dem Zaun.

Von euch da draußen weiß ich nur das, was im Fernsehen kommt. Konrad sagt, ihr müsst nie zu den Tests gehen. Na ja, ich glaube ja nicht, dass so was erlaubt ist. Es wird so viel erzählt. Ich würde schon mal gerne sehen, wie die Leute draußen leben, und dann gleich wieder hierher kommen. Dann könnte mir Konrad keinen Quatsch mehr erzählen.

»Was die uns in Info erzählen, ist sowieso gelogen!«, sagt Konrad immer. »Und hör mir auf mit dem Fernsehen. Was im Fernsehen kommt, stimmt erst recht nicht.«

Früher habe ich Konrad nie irgendwas geglaubt. Ich bin oft böse auf ihn, weil er sagt, dass die Blauen – das sind die Mitarbeiter von *Genosan* – uns anlügen. Dabei tun die echt so viel Gutes.

In letzter Zeit muss ich leider ab und zu über Dinge nachdenken, die Konrad erzählt.

Konrad gehört zu den Ältesten an unserer Schule. Er ist schon vierzehn. Das bedeutet, dass er seit einem Jahr viel häufiger zu den Tests gehen muss als wir Jüngeren. Vier- oder fünfmal im Monat. Seine Beine und Arme sind von den Blutabnahmen ganz zerstochen. Das macht ihm aber nichts aus.

Konrad hat mir übrigens auch gezeigt, wie ich mit meinem Learner-PC ins Netz komme und da Nachrichten hinterlassen kann, die unser S.M. (Schul-Manager) nicht finden wird. Und deswegen sitze ich jetzt hier und tippe diesen Text, obwohl ich Hausaufgaben machen müsste. Komisch. Ich weiß gar nicht, was ich Schlechtes über unsere Schule schreiben sollte. Trotzdem ist es mir lieber, dass kein Blauer meine Briefe lesen kann.

Wenn da draußen jemand meine Nachricht liest, könnt ihr mir leider nicht antworten.

Komisches Gefühl, so einen Brief rauszuschicken und keiner kann antworten. Im Fernsehen habe ich gesehen, dass Schiffbrüchige auf einsamen Inseln manchmal Briefe in Flaschen gesteckt und die dann einfach ins Meer geworfen haben. Denen war völlig klar, dass sie nie Antwort kriegen. Aber es war für sie trotzdem eine

wichtige Sache. Ich schreibe eine Flaschenmail von unserer schönen Insel im Wald, auf der es alles gibt. Es ist eine richtige Paradiesinsel.
Ich weiß auch nicht, warum ich trotzdem manchmal traurig bin. Auf jeden Fall freue ich mich schon auf später, wenn ich den Blauen bei ihren wichtigen Aufgaben helfen kann. Die Blauen bestimmen dann, wo wir arbeiten. Sie suchen den Platz aus, an dem wir am dringendsten gebraucht werden.
Vielleicht habe ich Glück und es ist ein ganz besonders schöner Platz.

2.

»Die bringen uns weg«, sagt Konrad.
Er sitzt auf der Lichtung im wilden Wald, schaut uns nicht an und sagt das so, als wäre es was ganz Alltägliches. Wie »Ich habe morgen Küchendienst« oder »Ich kann keine Magnesiumbratlinge mehr sehen«.
»Wohin weg?«, fragt Nelly.
»Wer ist uns?«, frage ich gleichzeitig.
»Die ganze K. Kalle, Klaus, Kristina, Katrin und die anderen.« Ich hab's schon die ganze Zeit gewusst. Konrad ist in der letzten Klasse. Diejenigen, die mit der Schule fertig sind, kommen immer weg.
Zu *Genosan* gehören Labors in verschiedenen Ländern. Und wer mit der Schule fertig ist, lernt gleich in einem der Labors weiter.
»Weißt du schon, wohin?«
Ich muss mir große Mühe geben, nicht aufgeregt zu klingen.
Konrad zuckt mit den Schultern. Er kneift die Augen zusammen und schaut in den Himmel. Konrad schaut so gerne den Wolken

zu, wenn sie über der Schule vorbeisegeln. Aber heute sieht man gar keine einzelnen Wolken. Der ganze Himmel ist einfach verschleiert.

»Erst mal nur rüber zu den Hellblauen«, sagt Konrad.

Die Hellblauen sind die Ärzte und Schwestern, denen wir uns einoder zweimal in der Woche vorstellen müssen. Sie tragen blaue Kittel und manchmal auch blaue Gummihandschuhe. Das riesige weiße Laborgebäude, in dem sie normalerweise arbeiten, kann man im Winter vom Hügel aus sehen. Einen Moment lang bin ich total erleichtert. Wenn Konrad zu denen kommt, ist er nicht wirklich weit weg. Es hätte ja sein können, dass er in ein anderes Land muss. Das wäre schrecklich gewesen. Zum Labor sind wir schon ab und zu in einem Kleinbus gefahren worden. Wenn man über den nördlichen Zaun des Paradiesgartens klettert, kann man wahrscheinlich in ein paar Stunden hinlaufen.

»Und was macht ihr bei denen?«, fragt Nelly.

Konrad zupft Grashalme aus, ohne hinzusehen.

»Wir lernen da weiter. Im Labor.«

»Du hast es gut.« Nelly lacht. »Dann musst du ja gar nicht mehr in die Schule.«

Ich beobachte Konrads Gesicht. Konrad sieht gar nicht so aus, als würde er sich freuen, dass er nicht mehr in die Schule muss. Obwohl er die Schule überhaupt nicht leiden kann. Viele Lehrer hacken auf Konrad rum, weil er komische Fragen stellt. Nur Frau Wiesner, die Kultur-Lehrerin, kann Konrad gut leiden. »Du bist sehr begabt!«, sagt sie oft und sieht ihn dabei so traurig an, als wäre das was ganz Schlimmes. Aber Frau Wiesner hat in der Schule nichts zu melden, weil sie ein unwichtiges Fach unterrichtet.

»Ich hau vorher ab«, sagt Konrad.

Komisch. Ich glaube das sofort. Dabei habe ich so etwas schon oft gehört. Jeder von uns sagt es irgendwann. Wir meinen es natürlich nicht ernst.

Aber als Konrad sagt, dass er abhaut, weiß ich genau, er meint es ernst. Und in meinem Bauch ist plötzlich ein so großes Loch, dass man einen Medizinball durchwerfen könnte. Das fühlt sich an, als wäre er schon fort. Quatsch, er sitzt doch da, neben mir auf der Wiese, reißt Grashalme aus wie schon tausendmal. Aber von dem Moment an, in dem er diesen Satz gesagt hat, ist es schon anders.

Nelly kapiert nichts. Sie glaubt es nicht, sie lacht nur. Aber Nelly kennt Konrad nicht so gut wie ich. Wahrscheinlich mag sie ihn nicht so gerne wie ich. Sie mag ihn schon, aber Konrad und ich, das ist etwas anderes.

»Nimmst du mich mit?«, frage ich. Ich frage es, weil ich mir später mal nicht vorwerfen möchte, dass ich nicht gefragt habe. Mir ist klar, was er sagen wird.

»Das geht nicht, Nora. Du musst dich für mich um Tim kümmern.«

»Tim nehmen wir auch mit. Und Nelly.«

Konrad schüttelt den Kopf und wirft die Grashalme in den Wind. Der Wind bläst ein paar davon in sein Gesicht, andere in meins. Es kitzelt ein bisschen. Ich pflücke eine Pusteblume und blase so fest, dass die kleinen Samenfallschirme in einem dichten Schwarm davonfliegen.

Hier gibt es noch richtige Pusteblumen. Im Paradiesgarten haben die Pusteblumen so schwere Samen, dass die Fallschirme nicht fliegen können. Die plumpsen einfach runter wie Steine und bleiben in einem Häufchen dicht um den Stängel rum liegen. Deswegen kann sich im Paradiesgarten der Löwenzahn nicht so schlimm vermehren wie draußen und der Rasen sieht immer vollkommen aus. Im Paradiesgarten ist alles vollkommen. Hier draußen ist der Löwenzahn ein Un-Kraut.

Konrad und ich, wir mögen die verwilderten Wiesen außerhalb des Zauns lieber. Tim auch. Wir sind ein bisschen komisch. Rika hat Recht. Wir sind auch im Kopf nicht ganz richtig. Wenn Rika das sagt, klingt es ganz nett.

Tim! Der wird total ausrasten. Tim vergöttert Konrad. Konrad ist für ihn wahrscheinlich eine Mischung aus großem Bruder, Vater und bestem Freund.

»Du kannst Tim nicht im Stich lassen«, sage ich. Aber was ich wirklich meine, ist: »Du kannst MICH nicht im Stich lassen.« Das sage ich aber nicht. Das sagen Leute im Fernsehen. Wenn sie verliebt sind. Wir sind nicht verliebt, Konrad und ich. Nicht mit küssen und so weiter jedenfalls. Wir sind auch nicht so wie die Leute im Fernsehen. Ich mit meinen roten Augen und der vernarbten Hasenscharte und allem. Und Konrad. Uns fällt das ja nicht mehr auf, weil wir alle so sind, außer den Blauen und den B.P.s. Aber wenn ihr Konrad sehen würdet … das ist echt nicht wie im Fernsehen.

Wir sind Freunde, sonst gar nichts. Schon seit ich denken kann. Klar kann ich mir nicht vorstellen, wie ich es ohne Konrad auch nur einen Tag hier aushalten soll. Obwohl es hier schön ist und *Genosan* viel Gutes tut, für die Welt und für uns sowieso.

Konrad sagt nichts mehr. Es ist beschlossene Sache. Morgen oder vielleicht nächste Woche wird er sich beim Morgenappell unter den *Genosan*-Fahnen nicht melden. Die Erzieher werden einander fragende Blicke zuwerfen. Dann werden sie Kalle in Konrads Zimmer schicken. Kalle wird zurückkommen und sagen, dass Konrad weg ist. Die Erzieher werden durcheinander laufen wie Tick, Trick und Track und schnattern und zetern. Aber Konrad wird schon weit weg sein.

Nelly kapiert es einfach nicht. Nelly steht auf, hebt den Fuß und zertritt einfach so eine Pusteblume.
»Warum machst du das?«, fragt Konrad. Seine Stimme klingt wütend.
»Die haben die ganze Zeit gedacht, sie fliegen gleich weg«, sagt Nelly. »Und nun bleiben sie für immer im Dreck kleben. Tja, Pech.«
Ich möchte, dass Konrad mich ansieht. Dass er sieht, dass ich es auch nicht gut finde, wenn man die Träume von Pusteblumensamen nicht ernst nimmt. Na ja. Das klingt ein bisschen kindisch. Aber Konrad würde es verstehen.
Du und ich, wir wollen, dass sie wegfliegen.
Konrad sieht mich nicht an. Er hätte mehr fernsehen sollen. Dann wüsste er, wie wichtig später so eine Erinnerung ist. Aber er ist in letzter Zeit gar nicht mehr in den Fernsehraum gekommen.
»Und wo willst du hin?«, frage ich. Es ist am leichtesten, eine praktische Frage zu stellen. »Du kennst dich doch überhaupt nicht aus. Das ist doch total gefährlich.«
Konrad reckt den Hals und sieht über mich hinweg in die Ferne.
»Ich gehe in die Hauptstadt. Das ist gar nicht so weit. Wenn ich erst mal da bin, schlage ich mich schon durch.«
Konrad war noch nie in einer Stadt. Keiner von uns war jemals in einer Stadt. Rika vielleicht, aber die erzählt nichts. Ich weiß, dass die Hauptstadt irgendwo südlich von hier liegt. Die Stadt muss sehr groß sein, vielleicht so wie New York.
Ich kann mir echt nicht vorstellen, was das heißen soll, sich in einer Stadt »durchschlagen«. Städte sind nur in Ordnung, wenn man ein großes, gut bewachtes Haus und eine große, starke Familie hat. Oder wenn man wenigstens gut kämpfen kann. Aber kämpfen lernen bei uns nur diejenigen, die später als Wachleute für *Genosan* arbeiten werden. Und auch die lernen es erst richtig in der Spez.

»Ich kenne ein paar Leute da draußen«, murmelt Konrad jetzt. »Mach dir keine Sorgen.«
»Wie kannst du denn da draußen Leute kennen?«, fragt Nelly und lässt sich wieder neben uns ins Gras plumpsen. Konrad antwortet nicht. Ich glaube, ihm wäre es lieber, er wäre mit mir allein. Nelly könnte das eigentlich auch kapieren. Aber Nelly legt sich auf den Rücken und schließt die Augen. Sie hat gar keine Antwort erwartet. Sie glaubt Konrad sowieso kein Wort. Sie hat ihm noch nie irgendwas geglaubt. Sie glaubt nicht, dass es da draußen Leute gibt wie uns. Sie glaubt nicht, dass die Blauen bei ihren Untersuchungen einfach nur Versuche mit uns machen, wie wir selbst im Unterricht mit den Labortieren. Und sie glaubt auch nicht, was Konrad in letzter Zeit immer hartnäckiger behauptet: dass wir da draußen richtige Mütter und Väter haben.
Ob ich das alles glaube?
Nein.
Bestimmt nicht alles.
Ach, ich weiß nicht. Manchmal glaube ich ein bisschen von dem, was Konrad erzählt. Weil ich weiß, dass er klug ist und uns nicht absichtlich irgendeinen Quatsch erzählen würde. Aber das ist alles nicht so einfach. Man kann tierisch Angst bekommen, wenn man zweifelt. Und deswegen sind wir froh, dass wir die Antworten kennen. Die Antworten, die wir von klein auf gelernt haben.
Als Erstes lernt jeder: »*Genosan* ist Mutter und Vater für mich.« Das ist ein schöner Satz, weil er so ein warmes, sicheres Gefühl im Bauch macht.
Es hat uns noch keiner erklärt, wie genau die von *Genosan* uns gemacht haben. Wahrscheinlich in den Labors. Wie die Tiere auch. Einfache Labortiere haben wir selbst schon in der zweiten Klasse hergestellt. Das ist echt kein Problem.

Aber wenn ich mit so einem Satz ankomme, schiebt Konrad die Unterlippe vor und kriegt so einen abwesenden Blick. Und ich habe ein blödes Gefühl. Als hätte ich mitten in einem spannenden Spiel aufgegeben, nur weil ich weiß, dass ich sowieso verliere.

3.

Tim ist überglücklich.

Konrad hat ihm ein junges CX4 geschenkt.

Ach so: Was ein CX4 ist, weiß vielleicht nicht jeder. Das vergesse ich immer, weil wir hier dauernd mit so was zu tun haben.

Also, die Blauen züchten in ihren Labors jede Menge Versuchstiere. Sie haben Ratten und Meerschweinchen und Affen. Aber vor allem haben sie Tierarten, die sie selbst entwickelt haben. Sie haben sie zusammengebaut und patentieren lassen. Früher konnte man nur technische Erfindungen patentieren lassen: die Glühbirne oder das Telefon. Aber heute geht das auch mit Tieren. Zum Beispiel mischen die Blauen die günstigen Eigenschaften von Ratten, Meerschweinchen und Kaninchen. Das heißt, sie suchen von jedem Tier das raus, was sie haben wollen, wie bestimmte Steine aus einem großen Baukasten. Und diese Bausteine basteln sie dann zu einem neuen Tier zusammen. Ein CX4 muss man sich vorstellen wie eine viel zu große weiße Ratte ohne Schwanz, dafür mit langen Ohren. Sein Vorgänger, das CX3, hatte nicht ganz so lange Ohren, dafür einen kurzen, haarigen Stummelschwanz. Es war eigentlich viel süßer. Aber das CX3 hat das *Genosan*-Futter nicht vertragen. Und das CX4 frisst jetzt Müll. Es kriegt jeden Tag eine Ladung gehäckselten Müll und schlägt sich damit den Bauch voll. Weil das so praktisch ist, wird das alte CX3 fast gar nicht mehr verwendet.

Tim hat sein CX4 »Ariel« genannt. Den Namen hat er sich aus dem Netzwörterbuch rausgesucht. Mit A sollte er unbedingt anfangen, weil es ja Tims erstes eigenes CX4 ist.
Tim ist also glücklich und das CX4 macht auch einen ganz zufriedenen Eindruck. Das ganze Glück hat zwei Schönheitsfehler. Erstens hat Konrad Ariel aus dem Labor geklaut. Er war mit der K schon mal zwei Tage drüben bei den Hellblauen. Keine Ahnung, wie er es geschafft hat, Ariel rauszuschmuggeln. Zweitens dürfen wir überhaupt keine Tiere halten. Auch keine Labortiere. Und deswegen muss Tim Ariel verstecken.
Konrad hat ihm einen kleinen Verschlag im wilden Wald gebaut. An einer Stelle, die nur Nelly, Tim, Konrad und ich kennen. Auch im Paradiesgarten gibt es eine Gruppe von Bäumen, die »Wäldchen« heißt. Aber dort kann man sich nicht verstecken. Die Bäume stehen zu weit voneinander weg und sie wachsen ganz gerade in den Himmel. Im wilden Wald dagegen sind die Bäume krumm und schief und haben verschlungene Äste, und zwischen den Bäumen wuchert Gestrüpp. Es ist alles sehr unvollkommen.
Ariels Verschlag haben wir mit Ästen und Laub getarnt. Um den Weg wiederzufinden, mussten wir Zeichen in einige Stämme ritzen. Das hat uns Leid getan, weil wir die Bäume sehr mögen.
»Meinst du nicht, dass er friert?«, fragt Tim.
Konrad schüttelt den Kopf. »Jetzt ist es ja warm. Ich muss nur rauskriegen, ob er Frost aushält. Wenn nicht, müssen wir uns für den Winter etwas anderes einfallen lassen.«
Das CX4 mümmelt an einer alten Plastiktüte. Na dann, guten Appetit.
»Willst du ihn mal streicheln?«
Ich schüttle den Kopf.
Eigentlich mag ich Tiere. Aber die CX4 mit ihren blutroten Augen

sind mir unheimlich. Außerdem ist mir schon klar, warum Konrad Tim so ein Geschenk gemacht hat.
Es ist eindeutig ein Abschiedsgeschenk.
»Du machst vielleicht ein langes Gesicht«, sagt Konrad zu mir. »Hättest du auch gern ein CX4 gehabt? Vielleicht komme ich noch mal ins Labor, dann bringe ich dir eins mit.«
Ich schüttle den Kopf.
»Vielleicht einen kleinen Affen?« Konrad grinst. »Die sind aber besser bewacht. Und sie machen ein Riesentheater, wenn man sie in sein Backpack steckt.«
»Selber Affe«, schnauze ich. Dann drehe ich mich um und renne weg, damit die beiden Jungs nicht sehen, dass ich heule.
Konrad hat mich immer noch nicht gefragt, ob ich mitkommen will.
Dabei weiß ich die Antwort jetzt ganz genau.
Ich will ich will ich will ich will.
Obwohl ich Angst habe. Vor dem wilden Wald und der Stadt und den Mördern und den vielen Menschen, die alle schön und richtig sind und Familien haben. Und davor, wie die uns ansehen würden.

4.

Jeden Morgen, wenn ich in den Frühstücksraum runtergehe, stelle ich mir vor, dass Konrad weg ist.
Jeden Morgen bin ich gleichzeitig enttäuscht und erleichtert, wenn Konrad an seinem Platz sitzt.
Klar bin ich erleichtert. Ich weiß nicht, wie ich es ohne Konrad aushalten soll. Wir sind so aneinander gewöhnt. Und außerdem kann ich dann hoffen, dass er sich die Sache noch mal überlegt.
Aber ich bin auch enttäuscht, weil ich den ganzen Katzenjammer

noch vor mir habe. Es führt sowieso kein Weg mehr dran vorbei. Konrad geht weg. Das ist unser letztes gemeinsames Jahr. Dann muss er sowieso woandershin. Und wenn ich dann die Spez geschafft habe, komme ich auch woandershin. Wir werden uns nicht mehr sehen. Und wenn er schon wegmuss, dann soll er lieber abhauen. Und ganz schnell, damit ich es hinter mir habe. Er soll Städte sehen und mit den Leuten da draußen reden. Wenn er das macht und dabei ab und zu an mich denkt, dann ist es fast ein bisschen so, als wäre ich selbst dabei.

Wahrscheinlich mache ich mir ganz unnötig Sorgen. Wahrscheinlich kriegt Konrad sowieso Angst und kommt ganz schnell zurück. Noch ist Konrad also da. Alles wie immer. Und deswegen schreibe ich heute mal auf, wie dieses »wie immer« bei uns aussieht. Im Fernsehen habe ich noch nie einen Bericht über *Genosan* oder so eine Schule wie unsere gesehen. Kann also sein, dass ihr gar nicht wisst, wie wir hier leben. Über euch wissen wir ja alles.

Also, unsere Schule. Das ist eigentlich nicht nur eine Schule. Es wohnen auch Kinder hier, die noch gar nicht zur Schule gehen. Die Kleinsten sind ein Jahr alt. Wo sie vorher gelebt haben, weiß ich nicht. Ich kann mich leider auch nicht erinnern, wo ich damals war. Seit ich denken kann, lebe ich hier in unserer Schule. Jeder Jahrgang trägt einen bestimmten Buchstaben. Alle Kinder, die im selben Jahr geboren sind, haben Namen, die mit demselben Buchstaben anfangen. (Konrad sagt, draußen bei euch ist das nicht so, deswegen schreibe ich es so genau auf.) Eigentlich ist es ganz praktisch. Wenn man weiß, wie jemand heißt, dann weiß man auch gleich, wie alt er ist und in welche Klasse er geht. Die Einjährigen sind jetzt schon bei X, deswegen haben sie alle ganz komische Namen, so wie Xenia oder Xylos. Im Moment ist die K mit Konrad die älteste Klasse. Ich und Nelly sind in der N, logisch,

denn wir sind drei Jahre jünger als Konrad. Ist ganz einfach, wenn man es mal kapiert hat.
Seit wir zehn geworden sind, teilen wir uns zu zweit ein Zimmer. Ich wohne mit Nelly zusammen. Meistens vertragen wir uns gut. Manchmal nervt Nelly ein bisschen, weil sie so viel Zeit vor dem Spiegel verbringt und sich schminkt. Natürlich haben wir keine richtigen Schminksachen. Aber in den Labors gibt es immer irgendwas zum Färben. Die Älteren klauen die Farbstoffe und tauschen sie bei uns Mittleren ein. Gegen Energieriegel und so. Nelly versucht so auszusehen wie ihr da draußen. Ihr im Fernsehen. Das kann natürlich nicht klappen. Egal wie dick sich Nelly schminkt. Sie ist einfach nicht richtig. Das sieht jeder aus zehn Kilometer Entfernung.
Jede Klasse hat ihre B.P., ihre Bezugsperson. Wir haben zum Beispiel Rika. (Ihr Name fängt mit R an, aber das hat nichts zu bedeuten, weil sie von draußen kommt.) Rika ist keine Mutter, aber sie selbst hat eine Mutter, deswegen weiß sie, wie man mit Kindern umgeht. Sie will nicht viel von ihrer Mutter erzählen. Wir fragen sie oft. Keiner von uns kann sich richtig vorstellen, wie es ist, eine Mutter oder einen Vater oder sogar beides zu haben. Nur Geschwister können wir uns vorstellen, weil wir hier ja so viele sind. Wenn die Kinder drei Jahre alt sind, kommen sie ins Grundprogramm, mit sechs ins Aufbauprogramm und mit zwölf dann in die Spez. Spez ist die Abkürzung für Spezialprogramm. Von der Spez an lernen wir nicht mehr alle das Gleiche. Wir werden aufgeteilt und jeder lernt etwas Bestimmtes, was er später für seine Arbeit bei *Genosan* brauchen kann. Jeder von uns wird seine eigene Aufgabe bei *Genosan* bekommen und darf dann für immer in der *Genosan*-Familie bleiben. *Genosan* ist Mutter und Vater für uns und wir werden hier immer einen Platz haben.

Es kann trotzdem manchmal vorkommen, dass einer von uns schlecht drauf ist. Dass er zu nichts mehr Lust hat oder so was. Aber jeder bekommt hier Hilfe. Wir können uns jederzeit zur Therapie anmelden. Da machen die alles wieder richtig. Sie erklären einem alles und geben einem auch die richtigen Pillen.
Wenn die B.P.s mitbekommen, dass es jemandem schlecht geht, dann schicken sie ihn sowieso in die Therapie. Das hilft. Ich hab das schon gesehen.
Aber Konrad will nicht in die Therapie. Er will sich nicht helfen lassen. Ich weiß nicht, wie er es geschafft hat, dass sie ihn nicht einfach hinschicken.
Konrad ist schon in der Spez. Er lernt, wie man neue Nutzpflanzen herstellt. Das ist ein ganz wichtiges Labor, und wer dort arbeitet, kann sehr stolz sein. Leider ist es auch sehr geheim und Konrad darf uns nicht erzählen, was er dort macht.
»Ich würde mich später gerne um die Labortiere kümmern«, habe ich einmal zu Konrad gesagt. Wir unterhalten uns manchmal darüber, wie wir uns unsere Zukunft vorstellen.
»Du magst doch Tiere, oder?«, hat Konrad gefragt.
»Weißt du doch.«
Es gibt nicht viele Tiere hier. Im Paradiesgarten sind Vogelkäfige aufgehängt und die Vögel darin singen wie Opernsängerinnen im Fernsehen. Es gab auch ein paar Eichhörnchen, aber die sind aus ihren Käfigen ausgerissen. Im wilden Wald sehen wir manchmal Mäuse oder kleine Vögel, die im Gestrüpp herumhüpfen. Einmal habe ich sogar eine richtige Katze gesehen. Keine Ahnung, wo die herkam. Aber die Tierfilme im Fernsehen sehe ich mir gerne an.
»Mit Labortieren kann man nur arbeiten, wenn einem Tiere ganz egal sind«, hat Konrad gesagt. »Sonst tut es einem jedes Mal Leid,

wenn sie verbraucht werden. Die sind doch da nur Material. Wie die Discs und die Reagenzgläser.«

»Du machst immer nur alles mies!«, habe ich Konrad angeschnauzt. Ich war echt total sauer. Natürlich befürchte ich auch, dass er Recht hat.

Vielleicht gibt es ja noch einen anderen, netten Job, der mit Tieren zu tun hat.

Demnächst haben wir Spez-Beratung. Dann erfahren wir genau, was für Arbeiten bei *Genosan* gemacht werden müssen. Wir sind froh, dass wir mitarbeiten dürfen. Draußen wären wir Hohn und Spott ausgeliefert. Aber hier drin haben wir ein Zuhause und eine Zukunft. Aber *Genosan* ist noch viel mehr.

Genosan macht die Schöpfung erst vollkommen.

Im Paradiesgarten kann man sehen, was für wunderbare Pflanzen *Genosan* schon erfunden hat. Draußen im wilden Wald wachsen die nicht. Kennt ihr zum Beispiel die Melancholische Gänseblume? Die ist wunderschön und riesig groß, weil sie ihr im Labor einen menschlichen Größenbaustein eingebaut haben. Leider lässt sie immer den Kopf hängen. Oder die Tausendjährige Tomate? Mit so einer hat Tim neulich eine Fensterscheibe eingeworfen. Oder den Vitalsaftkaktus? Der Kaktussaft schmeckt zwar echt ekelhaft, aber er ist besonders gesund. Es gibt Länder, da können sich die Leute jetzt von Kaktussaft ernähren. Bei uns stehen die Dinger nur in den Fluren rum, zur Dekoration.

Wir gehen trotzdem gerne in den wilden Wald, wo die Pflanzen noch unvollkommen sind. Eigentlich dürfen wir das nicht, weil es zu gefährlich ist. Zwischen zwei und vier Uhr nachmittags dürfen wir die Schulgebäude verlassen, aber wir sollen uns dann nur auf dem Sportgelände oder im Paradiesgarten aufhalten. Es ist aber ganz leicht, über den Zaun zu steigen. Wir haben auch nicht wirklich Angst, dass wir uns im wilden Wald verlaufen könnten. Wir haben ja unseren Chip unter der Haut. Der sendet ununterbrochen Signale aus. Die von *Genosan* können uns ganz leicht finden. Im Wald ist es ruhig und wir treffen selten andere Kinder. Alle wissen, dass man über den Zaun klettern kann. Aber die meisten interessiert der wilde Wald gar nicht. Die spielen lieber Baseball oder so was.

5.

Als Tim mit verheulten Augen auf mich zustürzt, denke ich sofort: Konrad ist weg. Jetzt ist es echt passiert. Und ich nehme Tim in den Arm, ohne ihn zu fragen, was überhaupt los ist.
Erst nach einer Weile kapiere ich, dass Tim irgendwas von Ariel schluchzt.
Ich lasse Tim los.
»Was ist denn mit Ariel?«
Es dauert eine Weile, bis Tim antworten kann. Wegen der ständigen Schniefer und Hickser kriegt er keine drei Wörter am Stück raus.
»Ariel ...«, verstehe ich nur. »... krank ... so komisch ...«
Ich atme auf. Nein, wirklich, ich mag Ariel. Ich hoffe echt, dass er nichts Schlimmes hat. Aber das Allerschlimmste ist, Konrad zu verlieren.
»Was hat Ariel denn?«, frage ich noch mal. »Wie kommst du auf die Idee, dass er krank ist?«
»Er schnauft so komisch«, heult Tim. »Und er zuckt auch so komisch. Die Augen quellen ihm schon raus. Und er ist so dick.«
»Dick ist er schon länger«, stelle ich fest. »Vielleicht solltest du ihm mal weniger zu fressen geben.«

Tim wischt sich über die Augen. »Aber heute wollte er den schönen Müll gar nicht fressen. Du musst unbedingt mitkommen.«
»Ich kann nicht«, sage ich. »Wir haben gleich Info.«
Jeden Nachmittag treffen wir uns alle in der Aula zur Info-Stunde. Die ist Pflicht. Info steht für Informationen über *Genosan*. *Genosan* ist ja nicht nur unsere Schule und das weiße Gebäude oben auf dem Hügel, sondern eine »weltweit operierende Gruppe«. So nennen sie das in Info. Aber »operieren« hat nichts mit Ärzten zu tun. Es bedeutet einfach nur, dass zur internationalen *Genosan*-Familie viele Schulen, Fabriken, Büros und Labors in allen möglichen Ländern gehören. Überall in diesen Ländern tut *Genosan* nur Gutes. Wer bei ihnen mitarbeitet, der hilft mit, dass Hunger und Krankheiten von der Welt verschwinden. Das muss man sich mal vorstellen! In Info zeigen sie uns manchmal, was für kaputte Leute es in anderen Teilen der Welt noch gibt. Dort wo *Genosan* arbeitet, gibt es die nicht mehr. Da gibt es nicht mal mehr solche wie uns. Ich bin stolz, dass ich später mal mithelfen kann, die Welt besser zu machen.
Manchmal habe ich Albträume nach Info. Aber meistens ist die Stunde einfach nur langweilig. Nicht weil *Genosan* so langweilige Sachen machen würde, sondern weil sich die Stunden immer irgendwie wiederholen. Seit fünf Jahren muss ich jeden Tag hingehen. Ist doch klar, dass da nicht mehr viel Neues kommt.
Konrad und ich gehen uns nach Info meistens aus dem Weg. Er macht sich über die Filme gern lustig. Allerdings nur noch, wenn es keiner hört. Einmal hat der Info-Manager ein paar Sätze von Konrad aufgeschnappt. Danach musste Konrad eine Zeit lang die rosaroten Tabletten nehmen, damit er wieder in Ordnung kommt. Er war müde und gar nicht mehr lustig. Das ist immer so, wenn man die rosaroten Tabletten kriegt.

Mit der Info-Stunde nehmen sie es echt total genau.
Aber nun steht Tim ganz verzweifelt vor mir und ich bin fast froh, dass es mal wieder einen Grund gibt, Info zu schwänzen. Ich überlege kurz, ob ich Nelly Bescheid sagen soll, lasse es aber lieber. Ich möchte nicht, dass sie für mich lügen muss.
Tim rast mir voraus in Richtung Zaun. Wir klettern hastig drüber und laufen hoch zum wilden Wald. Als wir uns Ariels Versteck nähern, kriege ich plötzlich Herzklopfen. Was soll ich machen, wenn Ariel tot ist? Wie soll ich Tim das erklären?
Und dann fällt mir noch was viel Schlimmeres ein.
Was ist, wenn die im Labor Ariel mit einer von diesen schrecklichen Krankheiten infiziert haben, die *Genosan* ausrotten will? Mir wird plötzlich ganz kalt. Dann könnte Ariel diese Krankheiten womöglich auf Menschen übertragen. Und dann könnten wir demnächst alle krank sein.
»Ich geh vor!«, sage ich. Es soll selbstbewusst klingen, aber Tim sieht mich an und kapiert genau, dass ich Angst habe. Trotzdem nickt er und bleibt stehen.
Ich biege die Haselnussäste zur Seite. Mein Herz klopft wie verrückt. Wenn Ariel tot ist, könnte ich ihn vielleicht noch schnell verstecken und Tim erzählen, er wäre weggelaufen.
Aber vielleicht ist es gefährlich, den toten Ariel anzufassen. In Labortechnik müssen wir grundsätzlich Handschuhe tragen. Wieso habe ich bloß keine Handschuhe mitgebracht?
In Ariels Verschlag fiept und raschelt es. Ich atme auf. Ariel ist nicht tot. Ich gehe einen Schritt näher und beuge mich zu Ariel hinunter.
Nein. Ariel ist nicht tot. Er sieht nicht mal krank aus.
Im Laub neben Ariel liegen drei nackte, zuckende Bündel. Ich brauche einen Moment, um zu kapieren, was los ist.

Ariel hat Junge gekriegt! Drei Stück! Wie kann das sein? Die CX4s werden doch im Labor gemacht. Das habe ich jedenfalls so gelernt.
»Tim!«, rufe ich. »Tim, komm schnell!«
Tim bricht durchs Gebüsch wie ein Wildschwein. Er hat blutige Kratzer im Gesicht, als er neben mir steht.
»Was ist denn das?« Tim zeigt mit dem Finger auf die nackten Würstchen.
»Das sind Ariels Kinder«, erkläre ich.
Die kleinen CX4s recken ihre wackeligen Köpfe. Ihre Augen sehen ganz merkwürdig aus. Als wäre noch eine dicke Haut drüber. Sie drängen sich an Ariel ran. Der, oder besser *die*, liegt auf der Seite zwischen angeknabberten Getränkedosen und zerfetztem Papier und schaut starr auf ihren Nachwuchs, als könne sie es selbst kaum glauben.
»Jetzt suchen sie Milch, glaube ich«, sage ich.
»Milch?« Tim schaut mich fassungslos an. »Wo soll denn jetzt Milch herkommen? Und außerdem fressen die doch Müll.«
Ich bin froh, dass Konrad mir das alte Bio-Buch ausgeliehen hat. Da steht drin, wie das früher mit der Fortpflanzung funktioniert hat. Ariel hat sich wohl im Labor in einen CX4-Mann verliebt. Und das sind jetzt ihre Kinder. Und wenn alles stimmt, was im Buch stand, dann muss sie jetzt irgendwo Milchdrüsen haben, aus denen ihre Kinder trinken können.
Wir sehen uns die drei Jungen nacheinander an. Ariel knurrt ein bisschen und ihre roten Augen funkeln, wenn wir eins unter ihrem Bauch vorholen. Sie beißt aber nicht. Glück gehabt. Bisse von CX4s sind nicht ohne, weil die so viel Müll zwischen den Zähnen kleben haben. Man kann leicht eine Blutvergiftung kriegen.
Zwei der Jungen sehen genau aus wie kleine, nackte Ariels. Aber das dritte ist nicht richtig. Es ist fast so was wie ein Monster: Es

hat einen merkwürdigen Ringelschwanz, nur drei Beine und an jedem Fuß sieben Zehen.

»Muss das sterben?«, fragt Tim leise.

»Ich glaube nicht.« Ich streichle dem Monsterjungen über den Kopf. Die Haut ist ganz warm und weich. Das Junge zappelt und piepst energisch. Es benimmt sich nicht so, als wäre es krank. Ich setze es zurück in seinen Verschlag. Ariel leckt es so kräftig ab, als wollte sie die Spuren unserer Hände wegputzen.

»Wir fragen Konrad«, sage ich. »Konrad kann bestimmt alles erklären.«

Wir sehen den drei eine Weile beim Nuckeln zu. In meinem Hals quillt ein dicker Kloß. Von der Seite schiele ich nach Tim. Der hat die Augen weit aufgerissen, wie er es immer macht, wenn er nicht weinen will. Er denkt bestimmt das Gleiche wie ich. Dass die drei kleinen Ariels eine Mutter haben und wir nicht.

Und in diesem Moment glaube ich zum ersten Mal, was Konrad uns erzählt hat.

Wenn die CX4s gar nicht im Labor gemacht werden, dann sind wir vielleicht auch nicht im Labor gemacht worden.

Das bedeutet, dass wir Mütter und Väter haben. Nicht nur *Genosan*.

Aber das ist Quatsch. Totaler Quatsch. Ich habe keine Mutter. Mütter haben die Kinder im Fernsehen. Mütter kümmern sich um ihre Kinder und lieben sie über alles und kaufen ihnen ständig die gesündesten Frühstücksflocken. Wenn ich eine Mutter hätte, wäre ich doch nicht hier.

Und warum sollte *Genosan* uns überhaupt belügen?

Ich spüre einen kalten Luftzug im Bauch.

»Komm, wir gehen«, sage ich. »Wir kriegen bestimmt Ärger.«

Als wäre das ein Grund, sich zu beeilen.

6.

Unseren Ärger und unsere Strafe kriegen wir: die üblichen rosaroten Pillen. Fünf lange Tage. Das ist mir egal. Vielleicht ist es sogar ganz gut, dass alles um mich herum so verschwimmt. Ich müsste aber ein ganzes Glas voll von den rosa Pillen schlucken, damit es nicht mehr so wehtut.

Konrad ist fort.

Dabei hat er mir gar nicht mehr erklärt, warum Ariel Monsterjunge kriegen kann. Er hat mir so vieles noch nicht erklärt. Er hat gesagt, ich kann ihn immer fragen. Das habe ich auch gemacht. Nur habe ich die Antworten dann oft nicht geglaubt.

Und jetzt ist er weg. Nicht mal tschüs gesagt hat er. Nicht den kleinsten Fitzel von einer Nachricht hat er mir hinterlassen. Ich hab's echt nicht geglaubt. Ich habe jede einzelne Mailseite in meinem Learner-PC durchgewühlt. Aber da ist nichts. Konrad ist weg. Wie aufgelöst.

Die Betreuer und die Blauen sind auch ziemlich aufgelöst. Bloß sind die nicht traurig. Die sind stocksauer. Überall schleichen Blaue rum und befragen die anderen aus der K, dann auch die L und die M und schließlich uns aus der N. Für mich nehmen sie sich besonders viel Zeit. Sie wissen natürlich, dass ich mit Konrad befreundet bin.

Oder war?

»Ich will jetzt eine Antwort hören!« Einer der Blauen schüttelt mich an der Schulter. »Wo ist Konrad? Du weißt es doch.«

»Du tust ihm einen Gefallen, wenn du uns sagst, wo er ist«, sagt der zweite. Er macht ein sehr freundliches Gesicht. Es tut mir fast Leid, dass ich nichts weiß. »Da draußen kann ihm alles Mögliche passieren. Die sehen doch sofort, dass er nicht richtig ist. Die machen ihn fertig. Wir sind seine Familie. Wir sind alles, was er hat. Wir müssen ihn nach Hause holen.«

Ich starre sie beide an. Sie sind blau, aber nicht so schön blau wie der Himmel an Pusteblumentagen. Bildschirmblau sind sie, und ihre Worte erscheinen wie durcheinander geschüttelte Buchstaben in ihren Gesichtern.
»Sie verschwenden Ihre Zeit«, höre ich Rika sagen. »Sie ist doch auf *Phlegmoxon*.«
Der erste Blaue springt entnervt auf, der zweite schaut mich nachdenklich an. Seine Augen haben dieselbe Farbe wie sein Kittel.
»Das ändern wir«, sagt er. »Morgen kriegt sie *Nowill forte*. Das Mädchen muss etwas wissen.«
Er richtet sich auf und geht mit seinem Kollegen aus dem Raum.
Rika streicht mir über die Haare.
»Leg dich hin«, sagt sie. »Versuch ein bisschen zu schlafen.«
Das ist keine gute Idee. Wenn man die rosaroten Pillen nehmen musste und sich schlafen legt, kommt sofort die Angst aus ihrem Loch gekrochen. Man kann ihren fauligen Atem riechen und ihre feuchtkalten Finger spüren. Man spürt ihr ganzes modriges Gewicht auf der Brust. Das ist alles noch viel echter als in den Cybergames. Die Spiele kann man wenigstens ausschalten. Aber wenn man die Pillen genommen hat, kann man nicht weg. Wahrscheinlich hat Rika noch nie die Pillen genommen. Sonst würde sie mir nie so einen schlechten Rat geben. Seit ich die erste Pille nehmen musste, habe ich versucht, so wenig wie möglich zu schlafen. Heute ist der letzte Tag, und ich bin so müde, dass ich kaum die Augen offen halten kann.
Und *Nowill forte*? Was könnte das sein?
Ich muss an Tim denken. Wenn man so klein ist wie er, dann wirken die rosa Pillen stärker. Dann geht die Angst auch tagsüber nicht weg. Es kann sein, man schaltet seinen Learner-PC an und eine Angstwolke steigt aus dem Bildschirm auf, sodass man keine

Luft mehr kriegt und der Schweiß einem nur so in die Augen trieft. Natürlich schlafe ich dann doch ein.
Die Traummonster sehen diesmal aus wie junge CX4s, jedes mit sieben Beinen und zwei Köpfen, bildschirmblau und so groß, dass sie den ganzen Raum ausfüllen.
Am nächsten Morgen ist mein Kopf immerhin so klar, dass ich weiß: Wir müssen uns um Ariels Familie kümmern. Ich habe keine Ahnung, ob Tim es in den letzten Tagen geschafft hat, denen ihr Müllfutter zu bringen.
Ich suche Tim, aber er ist nicht im Frühstücksraum.
Hoffentlich liegt er nicht auf der Gesundenstation. Manche vertragen die rosa Pillen überhaupt nicht. Ich flitze die Treppen hoch. Aber die Gesundenschwestern lassen mich nicht rein und wollen auch nichts sagen.
»Wir können dich natürlich aufnehmen«, sagt die Schwester an der Pforte. »Du siehst genau genommen auch nicht besonders fit aus.«
Aber ich mache kehrt und renne die Treppe runter.
Nelly erklärt sich bereit, meine FoodCard einzuscannen. So merkt keiner, dass ich nicht da bin. Ich schleiche raus in den Paradiesgarten, klettere über den Zaun und flitze in den Wald.
Tim ist schon da. Er bemerkt mich nicht. Er sitzt vor dem Verschlag auf dem Boden, hat die Arme um die Knie geschlungen und wiegt sich langsam vor und zurück. Leise gehe ich näher. Ariel hat ihre drei Kinder um sich versammelt. Die Kinder kuscheln sich an ihr weißes Fell. Ariel leckt ihnen die nackten Bäuche. Die Kinder grunzen zufrieden und räkeln sich.
»Tim«, sage ich leise.
Tim dreht sich um. Er hat ganz rote Augen.
Ich nehme Tim in den Arm.

Konrad ist weg.
Tim geht es vielleicht so wie mir.
Ich habe seither so ein komisches Gefühl. Ein Gefühl, das ich noch nie hatte. Dass ich jetzt ganz allein bin. Dabei ist meine große Familie doch noch da. Wir sind alle eine Familie. Ich bin doch hier zu Hause.
Aber wenn ich Ariels Familie ansehe, könnte ich echt mitheulen.
»Sie brauchen Namen«, sagt Tim. Seine Stimme zittert noch ein bisschen.
»Wer?«
»Ariels Kinder.«
Ich atme tief durch.
»Sie müssen mit B anfangen«, sage ich.
Tim nickt.
»Und wir müssen wissen, ob es Mädchen oder Jungs sind.«
Gut, dass ich Konrads altes Biobuch so genau gelesen habe. Es ist kein Problem, das Geschlecht der Jungen festzustellen. Ariel hat zwei Mädchen und einen Jungen gekriegt. Das Zehenmonster ist ein Mädchen.
»Vielleicht Bernhard, Brunhild und Béatrice?«
Tim schüttelt den Kopf.
»Ich überlege mir selber was.«
»Such dir was aus dem Netzlexikon raus«, rate ich. Dann sehe ich auf die Uhr und kriege einen Schreck. »Wir müssen zurück. Der Unterricht fängt in sieben Minuten an.«
Bloß nicht gleich noch mal die rosaroten Pillen! Das hält keiner aus.
Tim nickt. Er öffnet die Tür des Verschlags noch mal und kippt seine Mülltüte aus. Ariel stürzt sich gierig auf einen schmierigen Jogurtbecher. Erdbeer-Magnesium.

Rika fängt mich vor unserem PC-Raum ab. Ein Blauer steht hinter ihr.
»Du musst deine Tablette nehmen«, sagt Rika.
Sie greift in die Brusttasche ihres Overalls und zieht ein kleines Döschen raus. Darin sind jetzt nicht mehr die rosaroten Pillen, sondern dicke, gelb-rote Kapseln. Rika nimmt eine heraus und hält sie mir hin.
»Was ist denn das?«, frage ich und mache einen Schritt rückwärts.
»Das nimmst du jetzt!«, schnauzt der Blaue.
Ich presse meine Lippen aufeinander.
Der Blaue nimmt Rika die Kapsel weg und packt mich am Arm. Es tut weh. Ich sehe Rika an. Rika zuckt hilflos mit den Schultern. Sie reicht mir ein Glas Wasser. Ich lege die Kapsel auf die Zunge und spüle sie mit dem Wasser runter.
Wenn das nun eine von den ganz fiesen Pillen ist, von denen Konrad immer erzählt hat?
Mein Herz klopft. Der Blaue bleibt vor mir stehen. Rika stellt das leere Wasserglas weg.
Es passiert gar nichts Schlimmes.
Im Gegenteil, mir geht es plötzlich besser. Vor allen Dingen muss ich jetzt gar nicht zum Unterricht gehen. Der Blaue ist plötzlich ganz nett zu mir und lädt mich ein, ihn zu begleiten. Ich habe überhaupt keine Angst mehr vor ihm. Warum sollte ich auch Angst haben? Er führt mich in einen Raum, in dem noch mehr Blaue warten. Sie sind alle sehr nett zu mir.
»Möchtest du was trinken?«, fragt einer. »Phosphorcola? Das ist eine neue Mischung. Direkt aus dem Labor. Jetzt mit noch mehr cooler Frische.«
Ein zweiter Blauer schiebt mir einen bequemen Stuhl hin. Ich lasse mich hineinfallen, ziehe die Beine hoch und nippe an der

Phosphorcola. Die Blauen unterhalten sich ganz lieb mit mir. Ich verstehe echt nicht, warum ich ihnen normalerweise aus dem Weg gehe. Dabei weiß ich doch, wie viel Gutes *Genosan* tut. Mir fehlt einfach das Vertrauen. Ich schäme mich. Vielleicht muss ich mich zur Therapie anmelden.
Und ich verstehe auch nicht, wie Konrad von hier abhauen konnte. Wir sind doch seine Familie! Hoffentlich finden sie ihn. Gut, dass wir alle unsere Chips unter der Haut haben. So können wir nicht verloren gehen.
»Weißt du denn, wo dein Freund jetzt ist?«, fragt einer der Blauen und schenkt mir Cola nach.
»In der Stadt«, antworte ich und setze das Glas an den Mund. Gut, dass ich wenigstens das weiß! Ich muss den Blauen unbedingt helfen. Sie sind meine Freunde. »Das hatte er schon die ganze Zeit vor. Er hat gesagt, er kennt da ein paar Leute.«
»Was für Leute denn?«, fragt der Blaue. Die anderen beiden treten näher.
»Weiß ich nicht.« Ich stelle mein Glas wieder hin. »Hat er mir nicht gesagt.«
»Aber er hat sich doch bestimmt verabschiedet«, sagt der Blaue. »Er hat dir doch bestimmt genauer gesagt, wohin er geht. Damit du mit ihm Kontakt aufnehmen kannst. Er ist doch dein Freund.«
Ich schüttle den Kopf. »Gar nichts hat er gesagt, das Schwein«, sage ich. »Er ist einfach verschwunden. Einfach so.«
Der Blaue packt mich wieder an der Schulter. Ich kichere. Der Blaue zögert, dann lässt er mich los.
»Sollen wir ihr noch eine geben?«, fragt der zweite Blaue.
Aber der erste schüttelt den Kopf.
»Hat keinen Sinn«, sagt er. »Die weiß nichts.«
Er wendet sich mir zu. »Hau ab.«

»Ich trinke nur noch mein Glas aus«, sage ich fröhlich.
Aber der Blaue zerrt mich am Oberarm aus dem Stuhl und schubst mich zur Tür.
»Verschwinde!«
Ich bin traurig, weil die Blauen gar nicht mehr nett zu mir sind.
Rika wartet vor der Tür auf mich. Sie legt mir den Arm um die Schultern.
»Ich darf doch jetzt zum Unterricht, oder?«, frage ich. »Ich freue mich schon drauf.«
Aber Rika schüttelt den Kopf.
»Du kannst da jetzt nicht hingehen«, sagt sie. »Ich bringe dich auf die Gesundheitsstation.«
»Mir geht es aber total gut!«, lache ich.
Rika führt mich trotzdem hoch. Die Pflegerinnen erkennen mich gleich wieder und nicken, als hätten sie mich erwartet. Ich soll mich in ein frisch gemachtes Bett legen.
»Danke für das Bett«, rufe ich. »Es ist so schön hier oben.«
Und in diesem Moment wird mir schwindlig. Die Schwestern schweben langsam zur Decke und Rika kriegt eine so dröhnende Stimme, als spreche sie in eine breite Röhre.
»Leg dich schnell hin!«, röhrt die Stimme.
Kaum liege ich, da fährt das Bett schon los, wird immer schneller, rast steil bergab, in einen gähnenden Abgrund. Einen Moment lang höre ich mich noch schreien, dann schlage ich unten auf.

Als ich aufwache, ist mir kotzübel. Rika sitzt neben dem Bett. Sie sieht traurig und wütend zugleich aus. Mir fällt auf, dass mein *Genosan*-Shirt an mir klebt.
»Hat es geregnet?«, frage ich. Meine Stimme klingt ganz heiser.
Rika schüttelt den Kopf.

»Du hast so geschwitzt«, sagt sie. »Aber jetzt ist es vorbei. Ich hole dir frische Sachen.«
Sie steht auf und geht hinaus. Ich will ihr nachschauen, aber vor meinen Augen verschwimmt alles.
Konrad, denke ich nur. Konrad. Konrad.
Ich mache die Augen wieder auf.
Auf der Fensterbank lassen die Melancholischen Gänseblumen ihre Köpfe tiefer hängen als je zuvor.

7.

Tim sitzt an meinem Bett. Er hat die Füße auf den Stuhl hochgezogen und stützt sich mit dem rechten Ellbogen aufs rechte Knie. Ich knabbere an dem blauen Aufbau-Energie-Riegel, den er mir mitgebracht hat. Mal abwarten, ob er so gut wirkt, wie es in Info immer heißt. Die sagen, wenn ein Kaffeepflücker sich zum Frühstück so einen Riegel reinschiebt, kann er den ganzen Tag ohne Pause arbeiten und hat noch gute Laune. Und dabei ist er ganz billig herzustellen. Der Energieriegel.
Ich kann immer noch nicht gut aufstehen. Meine Knie sind wie Gummi.
»Ich habe Ariel heute die Reste von meinem Mittagessen gebracht«, flüstert Tim. Ich sehe automatisch zur Tür. Jeden Moment kann eine Schwester reinkommen.
»Das ist doch Quatsch. Die frisst doch nur Müll«, sage ich leise.
»Sie war aber ganz wild auf mein Mittagessen.« Tim grinst. »Sie hat alles weggeputzt. Nicht einmal ein Krümelchen hat sie übrig gelassen. Die Augen sind ihr fast rausgequollen, so voll gefressen war sie.«
Ich runzle die Stirn. Das tut noch ein bisschen weh.

»Ich glaub's nicht«, sage ich noch mal. »CX4s fressen nur Müll, das weiß doch jeder. Die fressen keine hochwertigen Nahrungsmittel wie unser Mittagessen.«
Das mit den »hochwertigen Nahrungsmitteln« sagen sie immer in Info. Normalerweise drücke ich mich nicht so hochgestochen aus.
Tim lässt sich nicht beirren. »Es gab Fitnessröllchen mit Lecithinsoße. Und dazu Kalziumbohnen. In der Soße hat sich Ariel sogar gewälzt.«
»Verstehe ich nicht«, murmle ich. »Ist jetzt auch egal. Hast du dir schon Namen für die Jungen ausgedacht?«
»Ja, hab ich. Die sind alle aus dem Netzwörterbuch: Beta-Karotin, Benzopyren und Borreliose.«
»Wie bitte?« Ich lasse mich in meine Kissen zurückfallen. »Das kann sich doch kein Schwein merken. Was bedeutet das überhaupt alles?«
»Wir können ja Beta, Benzo und Liose zu ihnen sagen«, murmelt Tim.
»Du spinnst.«
»Ich hätte Benzo lieber Konrad genannt, aber das fängt mit K an.« Jetzt spricht Tim so leise, dass man ihn kaum noch verstehen kann.
Ich nehme seine Hand und drücke sie. In diesem Moment geht die Tür auf und Rika kommt rein. Sie hat einen dicken Strauß Kokosrosen dabei. Sonnenschutzfaktor 65. Es gibt auch Sonnenschutzfaktor 25, aber die duften nicht so stark. Ihr kennt doch wahrscheinlich Rosen, die nach Kokosnuss duften? Aus ihren Blüten kann man Sonnenmilch herstellen. Praktisch, oder? *Genosan* hat die extra für die heißen Länder geschaffen. Leider kriegt man von der Sonnenmilch einen hässlichen Ausschlag, deswegen kann

man sie nur den Leuten in den armen Ländern geben. In Info sagen sie, die sind froh, wenn ihnen überhaupt jemand hilft. Bei denen ist es auch oft besonders heiß.
»Ich muss zu Info«, sagt Tim und streckt die Zunge raus, so weit er kann. Rika lacht. Sie ist bestimmt die netteste B.P. an der ganzen Schule.
»Ich habe mit der Ärztin geredet«, sagt Rika. »Morgen kommst du hier raus.«
»Endlich.« Ich schnuppere an den Kokosrosen. Ich muss aufpassen, dass ich die Nase nicht zu weit reinstecke, sonst kriege ich womöglich Pickel. »Mir ist langweilig.«
Rika setzt sich auf den Stuhl, den Tim geräumt hat. Sie sieht mich traurig an und sagt eine Weile nichts. Man wird ganz kribbelig, wenn einen jemand so anschaut.
»Hey«, sage ich schließlich. »Ich bin schon wieder fit.«
»Ja«, sagt Rika.
»Was ist los?«
»Nichts.«
»Glaub ich nicht.«
»Nichts ist los. Sag mal, du hast wirklich nichts von Konrad gehört, oder?«
Ich lege die Rosen auf die Bettdecke, ohne Rika anzusehen.
»Ich weiß überhaupt nichts«, sage ich.
Ich spüre Rikas Blick. Sie weiß nicht, ob sie mir glauben soll. Ich weiß nicht, ob ich ihr vertrauen kann. Dabei kann sie gar nichts dafür, dass die Blauen mir eine *Nowill forte* verpasst haben.
»Warum lassen die Blauen Konrad denn nicht in Ruhe? Ist es so schlimm, wenn einer wegläuft?«
»Er hat was Wichtiges mitgenommen«, sagt Rika. Sie beißt sich auf die Lippen. Ich glaube, sie weiß nicht, ob sie mir das erzählen darf.

»Konrad hat was geklaut?«
Hat Konrad vielleicht eine GeldCard mitgenommen? Ich habe noch nie dran gedacht, dass Konrad da draußen Geld braucht wie die Leute im Fernsehen. So was brauchen wir hier nicht. Zum Glück. Wir kriegen unser Essen und unsere Schuluniformen, und für besondere Wünsche haben wir unsere GiftCard. Nein, mit vergiften hat das gar nichts zu tun. Die heißt so, weil »Geschenk« auf Englisch »gift« heißt. Mit unserer GiftCard können wir uns selbst Geschenke aus dem Netz bestellen. Aber nur zweimal im Jahr, zu den höchsten Feiertagen: zu *Chromosome Day* und zum Gründungstag von *Genosan*. Der S.M., der Schulmanager, kontrolliert natürlich, was wir uns bestellen. Wir sollen ja nichts bestellen, was uns schadet.
Klar, draußen ist das anders. Da braucht jeder eine richtige GeldCard, damit er essen, wohnen und schöne Dinge bestellen kann.
»Ich weiß nicht genau, was er mitgenommen hat«, sagt Rika. Sie steht auf und zieht nervös meine Decke zurecht. Ich schüttle sie wieder runter.
»Was könnte es sein? Was ist denn so wichtig?«
»Ich sage doch, ich weiß es nicht. Hast du was Warmes gegessen oder soll ich dir noch eine Vitalbrühe holen?«
»Ich hab gegessen. Was hat Konrad denn jetzt mitgenommen?«
Rika sieht mir in die Augen und schüttelt den Kopf.
»Wenn er sich meldet, sag mir Bescheid«, sagt sie. »Ich mache mir große Sorgen um ihn.«
Jetzt schweige ich.
Rika lächelt schief.
»Du hast Recht, sag es mir nicht. Ich würde ihn natürlich nie freiwillig verraten. Aber du weißt ja. Bis morgen dann.«
»Bis morgen.«

Und dann liege ich allein im Bett, starre auf meine Kokosrosen und versuche nachzudenken. Das ist schwierig, denn in meinem Kopf summt und brummt es immer noch wie in einem großen Rechenzentrum.

Je länger ich da liege, desto zappeliger werde ich. Das muss am blauen Energieriegel liegen. Wenn ich jetzt nicht sofort Kaffee pflücken gehe oder so was, dann werde ich verrückt. Ich schlage die Decke zurück und lausche. Von der Gesundenschwester ist nichts zu hören. Wahrscheinlich trinkt sie gerade ihren Desinfektionskaffee. Ich krieche aus dem Bett, schlüpfe in mein *Genosan*-Sweatshirt mit dem großen N auf dem Rücken und in die passende Fitnesshose und schleiche in den Learner-PC-Raum. Keiner beachtet mich, als ich mich an meinen Rechner setze und mein Passwort eingebe. Außer dem S.M. und mir kennt keiner mein Passwort. Ich lese meine Mails. Nichts von Konrad. Klar. Der S.M. könnte ja mitlesen. In meiner Mailbox stapeln sich Hausaufgaben und ein korrigierter Test in Labortechnik, den ich völlig versaut habe. Ich zucke nur mit den Achseln. Labortechnik ist echt nicht mein Fach. Und dann ist da noch die Nachricht von einem Versand für Laborbedarf.

»Sehr geehrte Kundin, Ihre Bestellung eines Laboraffen der Gattung … haben wir erhalten.«

Soll das ein Witz sein? Ich habe ganz bestimmt keinen Affen bestellt. Entweder hat sich die Nachricht verirrt, oder einer meiner Mitschüler will mich veräppeln.

»Ha ha!«, sage ich laut und lese weiter.

»Leider haben wir diese Tiere nicht mehr im Angebot. Als Ersatz könnten wir Ihnen ein CX4 empfehlen. Bitte beachten Sie, dass dieses Tiermaterial nur bei Temperaturen bis zu null Grad Celsius gut zu verwenden ist.«

Da sitze ich jetzt und glotze.
Gut, ich mache mir vielleicht was vor.
»Wir hoffen, dass es Ihnen gut geht, und werden uns zu gegebener Zeit wieder bei Ihnen melden. Mit freundlichen Grüßen, Dr. Alfred Koschke.«
Ich kenne keinen Laborversand Koschke.
Vielleicht gibt es gar keinen Laborversand Koschke.
Ich kenne nur einen, der mir empfehlen würde, ein CX4 bei Frost nicht draußen zu lassen.
Die Nachricht muss von Konrad sein.
Mail-Absender fälschen kann er locker, das ist mir klar. Und noch eins weiß ich.
Er wollte rausfinden, wie lange Tim Ariel im Freien halten darf.
Ob ich Konrad antworten kann?
Ich drücke auf die Antworttaste. Mein Herz klopft. Ich glaube, ich bin doch noch nicht wieder fit. Oder ich habe den Energieriegel nicht vertragen. Was soll ich schreiben? Meine Antwort darf nicht auffallen, sonst wird sie gleich rausgefiltert und dann stehen die Blauen wieder mit ihren Pillen bei mir auf der Matte.
»Sehr geehrter Herr Dr. Koschke«, schreibe ich. »Sie müssen mich wohl verwechseln. Ich hatte keinen Affen bestellt. Affen gibt es hier bei *Genosan* jede Menge. Ich hoffe, Ihr Geschäft läuft trotzdem gut und Sie müssen nicht hungern oder so etwas. CX4s dürfen wir leider nicht halten. Passen Sie gut auf sich auf (ich bin schon von einem Labortier gebissen worden). Ihre Nora.«
Ich lese meine Nachricht zehn Mal durch. Ein bisschen merkwürdig klingt das schon. Aber wenn die Blauen das lesen, halten sie mich wahrscheinlich schlimmstenfalls für ein bisschen bekloppt. Und falls Dr. Koschke mit seinen Affen doch existiert, dann wundert er sich eben ein bisschen. Ich würde lieber schreiben:

»Konrad, ich vermisse dich. Ich denke dauernd an dich. Pass bloß auf, dass dich die Blauen nicht kriegen. Und vergiss mich nicht.«
Weil ich das nicht an Konrad schreiben kann, schreibe ich es eben hier in meine Flaschenmail und schmeiße die weit raus ins Netz. Das Meer muss auch so was sein wie das Netz. So unendlich groß und mit ganz viel Dingen drin, die man nicht sieht oder nicht versteht.
Also, ihr da draußen!
Falls ihr in der Hauptstadt wohnt und an einem Geschäft für Laborbedarf vorbeikommt, dessen Besitzer Koschke heißt, dann könntet ihr ja mal reingehen und nach Konrad fragen. Vielleicht könnt ihr ihm helfen. Er braucht bestimmt Freunde. Wir sind ja alles, was er hatte. Ihr dürft bloß keinen Schreck kriegen, wenn ihr ihn zum ersten Mal seht. Man gewöhnt sich daran, wenn einer nicht richtig ist. Und Konrad ist toll, ehrlich.

8.

Ich kapier echt nicht, dass Konrad abgehauen ist. Klar, die Info-Stunden können einem auf die Nerven gehen. Und die Blauen mit ihren ewigen Untersuchungen auch. Aber trotzdem. Ich glaube, ich möchte mit niemandem da draußen tauschen.
Ich mag schon den Morgenappell so gerne. Jedenfalls wenn es nicht regnet. Am schönsten ist es, wenn die Sonne scheint und ein leichter Wind weht. Dann flattern die Fahnen und leuchten blutrot und himmelblau. Wenn wir unsere Hymne singen, krabbelt ein irres Gefühl in meinem Bauch hoch bis in den Hals. Manchmal kann ich gar nicht weitersingen, weil dieses Gefühl so dick in meinem Hals steckt.

Genosan-Hymne

(am besten zu singen bei Sonnenaufgang unter flatternden Fahnen, auch bei schlechtem Wetter)

Am siebten Tag war Gott erschöpft
und musste erst mal ruhn.
Da schüttelte ihn *Genosan*
und rief: »Es gibt zu tun!
Dein Werk ist noch recht unvollkommen,
der höchste Gipfel nicht erklommen!«
Drauf sprach der Herr zu *Genosan*:
»Ihr könnt es besser, fangt gleich an!«

Wir heizen die Sonne,
wir salzen die See,
wir beugen die Berge,
wir bleichen den Schnee.

Gott hat längst aufgegeben, wir bleiben dabei:
Erst das Werk des siebten Tages macht uns frei.
Erst das Werk des siebten Tages macht uns frei.
Wir alle zusammen, wir glauben daran:
Perfekt wird die Welt erst durch Ge-no-san!
Perfekt wird die Welt erst durch Ge-no-san!

Wir tilgen das Übel,
bekämpfen das Leid.
Es bleibt nur das Schöne,
es bleibt nur Fröhlichkeit!

Gott hat schon aufgegeben, wir bleiben dabei:
Erst das Werk des siebten Tages macht uns frei.
Wir alle zusammen, wir glauben daran:
Perfekt wird die Welt erst durch Ge-no-san!

Und in der Schule machen wir manchmal auch total witzige Sachen. Zum Beispiel arbeiten wir dieses Jahr an einem kleinen computeranimierten Film. Unser Filmheld ist *Genoman*. Ein vollkommener Typ, der auch fliegen kann. *Genoman* fliegt auf der Welt rum und kämpft gegen alles, was nicht richtig ist. Natürlich gewinnt er immer. Er hat auch eine Freundin, die Barbie heißt. Mann, wenn die beiden Kinder hätten, die wären so schön, es wäre kaum auszuhalten. Vielleicht kriegen sie ja irgendwann Kinder. Aber jetzt muss *Genoman* erst mal in Sibirien dafür sorgen, dass die alten Leute dort nicht mehr so schrumpelige Haut kriegen. Das macht die Leute nämlich sehr unglücklich. Sie wollen schön bleiben, bis sie sterben. Die haben es sowieso schon schwer, weil es in Sibirien ja so kalt ist.
»Am besten wäre es, wenn *Genoman* dafür sorgen würde, dass Menschen in so kalten Gegenden ein dickes Fell wächst«, flüstere ich Nelly ins Ohr. Nelly kriegt einen Kicheranfall, der mich ansteckt. Wir kriegen beide einen Rüffel von Herrn Schreymann, dem Techniklehrer.
Ich bin so damit beschäftigt, meinen *Genoman* zu programmieren, dass ich Koschkes Laborversand ganz vergesse. Es ist keine neue Nachricht mehr gekommen. Wahrscheinlich hat Konrad diese Nachricht doch nicht geschickt. Das muss eine verirrte Mail oder ein blöder Witz gewesen sein. Wenn die Stelle mit dem CX4 auch ziemlich auffällig ist.

Ich muss schon wieder zur Blutabnahme, diesmal allein. Als ich die Blaue sehe, die neben der Schwester steht, fange ich an zu zittern. Die Schwester hält ungeduldig meine Hand fest.
»Komm schon! Das machen wir doch nicht zum ersten Mal!«
Nein, das nicht. Aber es ist das erste Mal seit der Phosphorcola bei den Blauen. Seither habe ich Angst vor denen, obwohl das völlig bekloppt ist. Die Blauen passen schließlich auf, dass uns nichts passiert.
Ich bin jedenfalls froh, als ich mit meinem Pflaster in der Armbeuge wieder im Treppenhaus stehe.
Konrad hat gesagt, dass die hier ihre neuen Erfindungen an uns ausprobieren. Nelly hat gemeint, das könnte sein und dass sie es gut findet. So etwas ist schließlich wichtig, damit *Genosan* die neuen Mittel dann an die Armen verteilen kann. Dazu hat Konrad nichts gesagt. Er hat mich nur angesehen und gegrinst. Ich hab zurückgegrinst, obwohl das Nelly gegenüber gemein war.

Am Nachmittag halte ich es dann doch nicht mehr aus. Ich muss noch mal probieren, ob ich Konrad erreichen kann. Vielleicht kann ich ihn davon überzeugen, dass er zu uns zurückkommt, bevor ihm was passiert.
»Sehr geehrter Herr Dr. Koschke. Ich hätte gerne noch mehr Informationen über Ihren Laborversand. Können Sie sich noch mal bei mir melden?«
Ich zögere einen Moment lang, ob ich die Mail tatsächlich abschicken soll. Die da oben werden sich wundern, dass ich mich so für Laborbedarf interessiere. Was wir für unsere Labortechnik-Kurse brauchen, kriegen wir von *Genosan*. Auch das Tiermaterial. Trotzdem.
Ich schicke es ab.

Dann springe ich schnell auf und laufe aus dem PC-Raum, als hätte ich was Schlimmes angestellt. Ich brauche Luft! Am liebsten würde ich in den wilden Wald gehen, zu Ariel und ihrer Familie. Aber dafür reicht die Zeit bis zur Wellfit-Stunde unten in den Fitnesshallen nicht. Ich muss mich noch umziehen. Also gehe ich nur durch die Glastür in den Paradiesgarten. In meiner Lieblingsecke werden gerade neue Pflanzen gesetzt. Die Gärtner tragen Mundschutz und Gummihandschuhe. Wahrscheinlich ist es mal wieder eine Giftpflanze.

Ich spaziere rüber zu den leeren Eichhörnchenkäfigen. An die Eichhörnchen kann ich mich erinnern. Hoffentlich haben die im wilden Wald genug zu fressen. Ich weiß nicht, warum sie abgehauen sind. Hier ging es ihnen doch gut.

Ich stelle mir gerade vor, wie die Eichhörnchen Ariel und ihre Kinder besuchen und mit ihnen gemeinsam unsere hochwertigen Nahrungsmittel verspeisen, da packt mich eine Hand an der Schulter. Ich zucke heftig zusammen. Seit der Geschichte mit *Nowill forte* bin ich echt zappelig. Früher war ich nicht so.

»Ich bin's nur«, sagt Rika.

Ich atme tief durch.

Aber dann sagt Rika: »Du sollst zum S.M. kommen.«

Und das ist der absolute Hammer.

Der S.M. ist wie gesagt unser Schulmanager. In den alten Filmen sagen sie immer Schuldirektor. Das war wahrscheinlich so was Ähnliches. Unser S.M. hält sich immer in den Büros im obersten Stock auf. Wir sehen ihn nur an *Chromosome Day* und anderen wichtigen Festtagen. Für uns ist *Chromosome Day* der wichtigste Festtag überhaupt. Alle Einrichtungen von *Genosan* auf der ganzen Welt werden dafür mit Chromosom-Girlanden geschmückt. Wir singen unsere *Genosan*-Hymne, und dann gibt es

gewaltige Mengen Kuchen und Würstchen, die schon Wochen vorher in den Küchenlabors hergestellt werden.
Der S.M. spricht nie. Seine Reden werden von richtigen Schauspielern vorgelesen. Der S.M. steht dabei nur auf der Bühne und sieht uns an. Wir können ihn ganz groß auf der riesigen Projektionsleinwand sehen. Jeder von uns hat das Gefühl, dass der S.M. ihm genau in die Augen sieht. Ich weiß nicht, wie er das macht.
Wir haben alle Angst vor dem S.M., obwohl das Quatsch ist. Er ist das Oberhaupt der *Genosan*-Familie und hat uns hier aufgenommen. Der S.M. ist eigentlich Mutter und Vater für uns. Draußen wären wir Hohn und Spott ausgeliefert. Hier haben wir alles. Er tut nur Gutes für uns und für die Welt. Aber er ist eben auch ein bisschen unheimlich.
Und jetzt steht also Rika vor mir.
»Du sollst zum S.M. kommen«, wiederholt sie. Wahrscheinlich, weil ich sie so fassungslos anglotze. »Es ist wichtig.«
Ich habe das Gefühl, meine Füße rollen weg wie auf einem Fließband, während der Rest von mir in der Luft hängen bleibt.
»Wieso denn?« Meine Stimme ist ein jämmerliches Piepsen. Die Paradiesgartenvögel mit ihren Opernstimmen lachen sich wahrscheinlich in ihren Käfigen kaputt.
Sie haben meine Flaschenpost gefunden. Sie haben meine ganzen ins Netz geschickten Briefe gelesen. Sie haben alles gelesen. Ich erinnere mich nicht genau, aber wahrscheinlich habe ich ab und zu unfreundliche Sachen über *Genosan* geschrieben. Das meine ich doch gar nicht so. Wir sind doch hier eine Familie!
Oder sie denken sich, ich habe Kontakt mit Konrad.
Vielleicht haben sie Konrad schon wieder eingefangen.
»Ich weiß nicht.« Rika lächelt gezwungen. »Wird schon nichts Schlimmes sein.«

So wie sie das sagt, heißt es übersetzt: »Kann nur was ganz Schlimmes sein.«
»Jetzt gleich?«
»Jetzt gleich.« Rika sieht mich prüfend an, dann nimmt sie mich in den Arm und drückt mich ganz fest.
»Ich fahr mit dir nach oben. Aber mit rein darf ich nicht.«
Ich nicke. Rika hat den Arm um meine Schultern gelegt und führt mich in Richtung Aufzug. Ich kann spüren, dass sie selbst Angst hat.
»Hast du mit dem S.M. gesprochen?«
Sie schüttelt den Kopf.
»Noch nie. Die Anweisung kommt von den Blauen.«
Direkt vor dem Aufzug sitzt eine Blaue hinter einem Schreibtisch. Durch die gläserne Aufzugtür sieht sie uns streng entgegen. Sie sagt nichts.
»Guten Tag«, sagt Rika. »Ich bringe Nora. Der S.M. möchte sie sehen.«
Plötzlich kommt mir Rika so eiskalt vor, dass ich einen Schritt zurückweiche. Wieso bringt sie mich hier hoch? Warum hilft sie mir nicht, mich zu verstecken?
Wieso hat sie mir nicht geholfen, als mir die Blauen *Nowill forte* verpasst haben? Sie hat es nicht mal versucht.
Rika verschränkt die Arme, als wäre ihr selbst kalt.
Die Blaue stochert inzwischen in den Tiefen ihres Rechners. Sie sieht uns immer noch nicht an.
»Dritte Tür links«, sagt sie zu ihrem Bildschirm. »Sie muss aber alleine gehen.«
»Kann ich hier auf sie warten?«, fragt Rika.
»Sie haben sicher wichtigere Aufgaben«, sagt die Blaue und es klingt wie ein Befehl. Rika zögert. Sie versucht mir die Hand auf

die Schulter zu legen, aber ich weiche noch weiter zurück und presse die Lippen aufeinander. Ich drehe mich um und gehe den Flur runter. Erste, zweite, dritte Tür. Es ist unheimlich still.
Ich höre, wie der Lift wegfährt. Rika ist schon abgehauen.
Vor der dritten Tür atme ich tief durch. Mein Magen fühlt sich leicht verklumpt an. Wie damals, als wir die Bratlinge aus dem neuen, besonders leicht verdaulichen Algengranulat essen mussten. Das war eine Neuentwicklung von *Genosan*. Die Neuentwicklungen sind manchmal noch nicht ganz ausgereift. Allen Testessern aus der N und M war es noch tagelang kotzübel.
Gerade als ich überlege, ob ich nicht einfach weglaufen soll, geht die Tür von alleine auf. Ein junger Blauer, der an einem sehr ordentlichen Schreibtisch sitzt, nimmt die Hand vom automatischen Türöffner und lächelt mir entgegen.
»Komm rein.«
Er sagt das ganz freundlich.
Das ist nicht der S.M. Der S.M. ist vollkommen. Dieser Mann hier ist einer von uns. Der ist nicht richtig.
»Unser S.M. ist noch beschäftigt«, sagt der junge Mann. »Setz dich. Möchtest du was trinken?«
Er deutet auf eine Flasche Phosphorcola. Ich schüttle heftig den Kopf, setze mich aber hin. Hinter dem Schreibtisch befindet sich eine weitere Tür. Eine weiße Tür. Ich versuche mich abzulenken, indem ich die Bilder an den Wänden betrachte. Es sind Fotos von glücklichen Menschen, denen *Genosan* geholfen hat.
»Bist du sicher, dass du nichts möchtest?«, fragt der junge Mann und gießt Phosphorcola in einen Becher. »Eine Neuentwicklung aus unseren Labors. Jetzt mit noch mehr cooler Frische.«
In diesem Moment summt es auf seinem Schreibtisch. Der junge Mann sieht mich an und nickt mir zu.

»Geh rein.« Er deutet auf die weiße Tür. »Aber klopf an.«
Vor lauter Angst, zu leise zu klopfen, klopfe ich viel zu laut. Die Tür schwingt vor mir auf.
Hinter der Tür ist es so hell, dass ich blinzeln muss.
Ich stehe in einem riesigen Raum. Zwei Wände sind aus Glas. In der Ecke der beiden Glaswände plätschert rosafarbenes Wasser aus einem Springbrunnen. Neben dem Springbrunnen stehen eine ausladende Topfpflanze (ich glaube, es ist ein Fächel-Lorbeer) und mehrere grün-gelb gemusterte Sessel. Und in einem der Sessel sitzt der S.M.
»Guten Morgen, Nora«, sagt der S.M.
Er hat eine Frauenstimme.
Er ist eine Frau.
Ich bin so verblüfft, dass ich nur etwas entfernt Ähnliches wie einen Gruß stottern kann.
Die S.M. deutet auf einen Sessel. Ich setze mich und gebe mir Mühe, ihr nicht direkt ins Gesicht zu starren.
»Cola?«, fragt die S.M. und greift nach einer Flasche. »Ist eine Neuentwicklung. Jetzt mit noch mehr cooler Frische.«
»Ja gerne«, krächze ich. »Danke schön.«
Die S.M. gießt mir Cola ein. Sie hat schmale, aber kräftige, knochige Hände. Ich greife nach meinem Glas, trinke aber nicht.
»Einen schönen Ausblick hat man von hier oben, nicht wahr?«, fragt die S.M. und deutet auf die Fenster hinter ihrem Sessel. Es stimmt. Man sieht Wald. Viel Wald. Ich habe nicht gewusst, dass der wilde Wald so groß ist. Auf dem nächstgelegenen Hügel thronen die weißen Laborgebäude.
Dort wäre Konrad jetzt, wenn er nicht abgehauen wäre.
»Wie weit kannst du sehen?«, fragt die S.M., als wäre sie selbst blind.

Ich starre aus dem Fenster, aber ich sehe nur Wald.

Oder doch nicht?

Am Horizont hängt eine gelbe Dunstglocke. Und darunter kann ich etwas erkennen, das wie kleine Türme aussieht. Es *sind* kleine Türme oder vielleicht Hochhäuser, wie die sie immer im Fernsehen bringen. Ich atme vor Überraschung tief ein.

»Ja«, sagt die S.M. und lächelt beinahe. »Dort hinten liegt die Stadt.«

»So nah!«

Die S.M. nickt.

»Würdest du sie gerne kennen lernen?«

Will sie mich prüfen? Was soll ich sagen?

»Bestimmt nicht«, rattre ich runter. »Hier bei *Genosan* sind wir eine große Familie. *Genosan* kümmert sich um uns und sorgt für uns. Draußen wären wir Hohn und Spott ausgeliefert. *Genosan* bietet uns ein Zuhause und eine Zukunft.«

Die S.M. zieht ein bisschen die Augenbrauen hoch, aber sie lächelt. »Sehr richtig, Kind. Ich freue mich, dass du zu schätzen weißt, was wir hier für dich tun.« Sie seufzt. »Du wirst die Stadt aber kennen lernen müssen.«

Ich schnappe nach Luft.

Die S.M. steht auf. Sie geht an ihren kleinen grünen Schreibtisch, zieht die oberste Schublade auf und nimmt ein Döschen heraus. Sie klappt das Döschen auf und starrt hinein, als enthalte es die Auflösung eines Rätsels. Aber dann fischt sie eine dicke grün-gelbe Kapsel heraus und schluckt sie mit nachdenklicher Miene.

»Ich erkläre es dir«, sagt sie, während sie sich wieder setzt. »Dort in der Stadt wohnt ein Junge, der ist etwa so alt wie du. Er heißt Robin. Robin ist sehr krank. Sein Knochenmark kann keine roten Blutkörperchen produzieren. Du weißt doch, was das bedeutet?«

Ich nicke. Das hatten wir schon vor zwei Jahren in Medizintechnik.

»Robin muss sterben, wenn sich nicht jemand findet, der für ihn Knochenmark spendet. Es ist aber schwierig, jemanden zu finden, der das passende Knochenmark hat.«

Sie macht eine Pause. In meinem Kopf flimmert es, als wären alle Programme abgestürzt.

Die S.M. sieht mir in die Augen.

»Dieser Jemand bist du«, sagt sie. »Du kannst Robin retten.«

»Ich? Wieso denn ich?«

»Zufall«, sagt die S.M. knapp. »Blut und Speichel sehr vieler Menschen ist getestet worden, und deines ist zufällig am besten geeignet. Es ist ein Glückstreffer.«

Glück! Na, darüber lässt sich streiten.

Ich weiß überhaupt nicht, was ich sagen soll.

»Muss ich das machen?«, frage ich schließlich.

Die S.M. zieht die Augenbrauen zusammen. Fast schäme ich mich, dass ich so eine Frage gestellt habe.

»Wenn du es nicht tust, wird der Junge sterben«, sagt die S.M. Ihre Stimme klingt jetzt tiefgefroren. Sie knirscht richtig. »Und außerdem, findest du nicht, dass du der Welt etwas schuldest? Immerhin hast du das Glück gehabt, dass *Genosan* sich um dich kümmert. Du weißt, das ist nicht selbstverständlich. Draußen würdest du gehänselt und verspottet werden. Jetzt hast du die Chance, etwas Gutes zu tun. Du wirst dich doch sicher nicht weigern.«

»Nein«, murmle ich.

Die Stimme der S.M. erwärmt sich gleich ein bisschen.

»Das ist schön. Ich habe es nicht anders erwartet.«

Ich nehme einen Schluck Cola. Vielleicht hilft das.

Die S.M. beugt sich vor.
»Du wirst jetzt schwören, dass du da draußen nichts über *Genosan* erzählst. Keine Familiengeheimnisse.«
»Ich weiß doch gar nichts Besonderes!«
»Du wirst auch nicht über mich reden. Schwörst du?«
Ich nicke. Die Augen der S.M. machen mir Angst. Diesmal sehen sie wirklich nur mich an.
»Sag: Ich schwöre. Du weißt, dass wir dich streng bestrafen müssen, wenn du unser Vertrauen missbrauchst.«
»Ich schwöre.«
»Gut.« Die S.M. nickt. »Dann geh jetzt. Warte bei meinem Sekretär, bis dir deine Sachen gebracht werden.«
Ich starre sie an.
»Jetzt gleich?«
»Deine Tasche wird schon gepackt.« Die S.M. steht auf. Sie greift wieder nach ihrem Pillendöschen, lässt den Deckel aufschnappen, zögert und klappt den Deckel wieder zu.
»Worauf wartest du? Geh.«

9.

»Möchtest du jetzt eine Cola?«, fragt der Sekretär schon wieder. »Eine Neuentwicklung. Direkt aus den Labors. Mit noch mehr cooler …«
»Nein danke.« Mir kommt der letzte Schluck fast wieder hoch. Ich darf jetzt nicht heulen. Warum kann ich mich nicht wenigstens von Tim und Nelly verabschieden? Was denken die, wenn ich einfach verschwinde? Und wie lange bleibe ich überhaupt weg?
Es klopft. Der Sekretär drückt auf den Türöffner. Rika kommt herein. Sie trägt eine Reisetasche, auf die in dicken Buchstaben das

Genosan-Logo aufgedruckt ist. Darunter der Slogan: »Wir machen die Schöpfung erst vollkommen.«
»Was ist hier eigentlich los?«, fragt Rika. Sie sieht mich an. Sie sieht die Tasche an. Sie sieht den Sekretär an.
»Chefsache«, erklärt der Sekretär.
»Ich soll in der Stadt ...«, fange ich an, aber der Sekretär wirft mir einen strengen Blick zu.
»Man wird Sie informieren«, sagt er zu Rika.
Rika zögert. Dann sagt sie leise: »Pass auf dich auf, Nora.«
Und dann geht meine B.P. einfach weg. Ohne den Sekretär anzubrüllen. Ohne mich in die Arme zu nehmen. Ohne zu weinen.
Das werde ich ihr nie verzeihen.
Der Sekretär nimmt meine Reisetasche und geht vor mir her zum gläsernen Aufzug. Die blaue Empfangsdame isst gerade ihren rechtsdrehenden Jogurt und wirft mir über ihren Löffel hinweg einen kalten Blick zu. Der Sekretär drückt auf U3. Da unten war ich noch nie.
Ich war auch noch nie in der Stadt. In der Stadt soll ich einem Jungen, den ich nicht kenne, das Leben retten. Wenn ich nicht vorher verrückt werde vor Angst oder in Ohnmacht falle oder einfach aufwache aus diesem merkwürdigen Traum. Es könnte ja alles noch ein Traum sein. Vielleicht haben sie mir wieder eine Pille gegeben.
U3 ist die Tiefgarage. Ich bin noch nie mit einem richtigen Auto gefahren. Zum Labor bringen sie uns mit Kleinbussen. In U3 befindet sich auch ein kleines gläsernes Büro. Darin sitzen drei gelangweilt wirkende Männer und spielen Karten. Als der Sekretär die Tür aufmacht, springen sie auf, als hätten sie es mit einer wichtigen Person zu tun.
»Ein Auftrag vom S.M.«, sagt der Sekretär, stellt die Reisetasche in den Raum und mich daneben wie ein zweites Gepäckstück.

»Anweisungen hier auf dem Papier. Das lassen Sie am Zielort abstempeln.«
Der dickste der drei Männer nimmt den Zettel, überfliegt ihn und nickt.
»Komm mit«, sagt er zu mir.
Jetzt muss ich meine Reisetasche selber tragen. Sie ist erstaunlich schwer. Der Dicke setzt eine Dienstmütze auf und watschelt vor mir her zu den Fahrzeugen. Neben einer langen schwarzen Limousine hält er an.
»Steig ein.«
Diese Autos habe ich im Fernsehen schon oft gesehen. Manchmal fahren wichtige Leute mit so einem Auto in der Gegend rum. Meistens fährt man damit aber Leichen zur Beerdigung. Bestimmt sind es manchmal die Leichen von Heldinnen, die versucht haben, kleine Jungs zu retten.
Ich lege meine Reisetasche auf den breiten Rücksitz und setze mich daneben. Der Dicke klemmt sich hinters Lenkrad. Er dreht den Zündschlüssel im Schloss. Nichts rührt sich. Der Fahrer brummt unwillig und probiert noch zweimal. Aber der Motor springt nicht an. Dafür geht irgendwo ein hektisches Gepiepse los. Gleichzeitig blinkt eine rote Anzeige im Cockpit.
»Mist, verdammter!« Der Fahrer haut aufs Lenkrad. Er dreht sich zu mir um, schmeißt seine Mütze auf den Rücksitz.
»Verdammte Promilleschalter!«, flucht er. »Der springt nicht an, weil ich eine winzige Spur Alkohol in der Atemluft habe. Ich fass es nicht. Ich hab vor einer Stunde meine Bronchialtropfen genommen. Da ist Alkohol drin. Das war alles. Und jetzt will diese vornehme Schrottkiste nicht fahren.«
Er dreht noch mal am Schlüssel. Das Piepsen wird lauter. Das Fluchen des Fahrers auch.

»Dauert noch einen Moment«, brummt er schließlich. »Kannst noch mal aussteigen.«
Wir steigen beide aus. Der Fahrer stopft sich eine ganze Ladung Mentholkaugummis in den Mund. Mir bietet er keinen an. Ich lehne mich an den Wagen und versuche, einen klaren Gedanken zu fassen. Aber sobald meine Gedanken klarer werden, kriege ich einen unheimlichen Schreck und versuche sofort, sie wieder verschwimmen zu lassen.
Ich muss mir wenigstens alles merken, damit ich es in die Flaschenpost schreiben kann.
Nach einer ganzen Weile spuckt der Fahrer seine Kaugummis aus. »Steig ein.«
Diesmal springt der Wagen sofort an.
Draußen dämmert es schon.
»Siehst sowieso nichts«, sagt der Fahrer und lässt die Fensterrollos runter.

Ich weiß nicht, wie lange wir fahren. Ich bin kein bisschen müde. Ich versuche, durch die Windschutzscheibe zu erkennen, wo wir fahren. Aber bald ist es ganz dunkel.
Eigentlich hatte ich gedacht, wenn ich in die Stadt komme, dann ist das wie die Landung auf einem unbekannten Stern.
Aber als im Lichtstrahl der Scheinwerfer die ersten Häuser auftauchen, kommt mir alles merkwürdig bekannt vor.
Vielleicht liegt es daran, dass ich das alles schon so oft im Fernsehen gesehen habe: Tankstellen, Hamburger-Restaurants, Ampeln, Straßenkreuzungen, Polizeiautos, die laut heulend vorbeijagen und das Innere unseres Wagens einen Moment lang in blaues Flackerlicht tauchen. Und dann die hohen Mietblocks auf beiden Straßenseiten.

Konrad könnte hier irgendwo sein.
Ich beuge mich vor und schaue zwischen den beiden Vordersitzen durch. Aber mir ist klar, wie unwahrscheinlich es ist, dass ich hier Konrad entdecke. Man sieht überhaupt kaum Menschen. Ab und zu huschen vermummte Gestalten vor uns über die Fahrbahn. Ob das die Gangster sind, hinter denen die Polizei her ist? Auch Wachleute mit ihren scharfen Hunden sind unterwegs.
Hinter den erleuchteten Fenstern der Mietshäuser sitzen sie wahrscheinlich, die Kinder und Eltern, um den Familientisch versammelt, sehen einander in die Augen und erklären, wie lieb sie einander haben. Ich könnte jedes Mal heulen, wenn das im Fernsehen zu sehen ist. Obwohl ich bei *Genosan* so eine große Familie habe. Wenn ich mir vorstelle, dass sich diese Dinge ganz in meiner Nähe abspielen, wird mir schlecht. Ich glaube, es ist Neid.
Jetzt biegen wir von der vielspurigen Straße ab. Es geht bergauf. Um uns herum wird es noch dunkler. Dann sehe ich, dass jemand ein blaues Licht schwenkt.
»Kontrolle«, sagt der Fahrer. Es ist das Erste, was ich seit der Abfahrt von ihm höre. Außer seinem Kaugummigeschmatze. Er hält das Auto an, lässt die Rollos hoch und die Fenster runter.
»Wo wollen Sie hin?«, knurrt eine Stimme.
»Zur *Sunrise*-Klinik. Ich soll das Mädchen hier hinbringen.«
»Ihre IdentiCards bitte.«
Ich spähe aus dem Fenster. Ein Uniformierter streckt die Hand nach unseren IdentiCards aus. Die andere Hand hat er auf seine Waffe gelegt. Wie die im Fernsehen.
Der Uniformierte wirft einen Blick auf mich, dann schaut er auf meine Card.
»Steigen Sie aus«, sagt er dann. »Nasenkontrolle.«
Mein Fahrer brummelt unwirsch, steigt aber aus und steckt seine

Nase in den Scanner. Ein Lichtblitz zuckt durch die Nacht. Als ich meine Nase in das Gerät schiebe, höre ich ein leises Summen und dann knallt der Blitz direkt durch meinen Kopf.
»Ist schon neun vorbei«, sagt der Uniformierte und steckt den Scanner ein. »Sie sollten sehen, dass Sie nach Hause kommen.«
»Nichts wäre mir lieber«, seufzt der Fahrer. »Ich muss erst die Kleine abgeben.«
Wir fahren weiter bergauf bis zu einer hell erleuchteten Einfahrt. An einer Schranke halten wir an. Wieder steht ein Uniformierter da.
»Hier können Sie nicht weiterfahren.«
Der Fahrer zuckt mit den Schultern. »Dann bringen Sie die Kleine rein. Mir auch recht.« Er wendet sich zu mir. »Du kannst aussteigen.«
Ich tue es und zerre meine Tasche von der Rückbank. Der Wachmann telefoniert, dann unterschreibt er den Zettel, den der Fahrer ihm hinhält.
Die Nacht ist kalt. Falter flattern ratlos gegen das helle Licht der Kontrollstelle.
»Gleich wirst du abgeholt«, sagt der Wachmann.
Ich sehe den roten Rücklichtern des Wagens nach. Der Fahrer hat sich nicht mal verabschiedet. Wahrscheinlich, weil ich nicht richtig bin.
Schritte nähern sich. Eine weiß gekleidete Gestalt taucht im Licht der Scheinwerfer auf. Sie ist vollkommen.
»Du bist das Mädchen, das Robin helfen will? Ich bin Schwester Rosalyn. Gib mir deine Tasche. Es sind nur ein paar Schritte. Hast du schon was gegessen?«
Ihre Hand fühlt sich angenehm warm an. Ich folge der weißen Gestalt durch die Dunkelheit. Hinter einer Wegbiegung taucht ein

großes, hell erleuchtetes Gebäude auf. Wir gehen durch eine gläserne Drehtür, kommen an einer Pförtnerin vorbei, die gerade ihren rechtsdrehenden Jogurt löffelt und gar nicht aufsieht.

»Ich bringe dich auf dein Zimmer«, sagt Schwester Rosalyn. »Du kannst dich freuen. Es ist ein Einzelzimmer.«

Ich weiß nicht, was ich mir vorgestellt habe. Dass ich im selben Zimmer schlafe wie Robin? Der ist bestimmt viel zu krank. Dass irgendein Kind im selben Zimmer liegt und wir dicke Freunde werden? Ja, vielleicht. Es würde mich vielleicht zu sich nach Hause einladen und ich könnte mehr von der Stadt sehen.

Dann fällt mir erst wieder ein, wie ich aussehe.

Schwester Rosalyn behandelt mich, als wäre ich ganz richtig. Vielleicht hat sie mich in der Dunkelheit nicht genau gesehen. Aber ein vollkommenes Kind würde es mit mir in einem Zimmer bestimmt nicht aushalten. Oder es würde sich dauernd über mich lustig machen. Das würde ich nicht aushalten.

Als Schwester Rosalyn die Tür zu meinem Zimmer öffnet und das Licht anknipst, klettere ich schnell auf das hohe Krankenhausbett und drehe das Gesicht zur Wand.

»Ich hole dir was zu essen«, sagt Schwester Rosalyn.

Ich höre, wie die Tür hinter ihr zufällt.

Ich drehe mich um, ziehe mit dem Fuß meine Reisetasche näher und öffne den Reißverschluss.

Da ist er.

Mein Pocket-PC.

Rika hat ihn mir eingepackt.

Sie weiß nichts von der Flaschenpost. Aber sie weiß, dass ich viel Zeit an meinem PC verbringe. Ich weiß auch nicht, warum ich das tue. Es ist doch sinnlos. Na ja, ich kann wenigstens träumen, dass jemand meine Post liest.

Jetzt muss ich aufpassen, bestimmt kommt Schwester Rosalyn gleich mit dem Essen. Da bin ich mal gespannt! Ich habe mein Leben lang ja nur *Genosan Food* gegessen. In der Stadt gibt es bestimmt ganz andere, leckere Dinge. Einen Vorteil muss die ganze Geschichte doch für mich haben.

10.

»Du hast Glück«, ruft Schwester Rosalyn, als sie mit dem Fuß die Tür aufstößt. Mit den Händen kann sie die Tür nicht aufmachen, weil die ein braunes, abgedecktes Plastiktablett tragen. »Du kriegst dein gewohntes Essen. Unser Küchenlabor wird nämlich direkt von euch – ich meine von *Genosan* – beliefert. Heute gibt es Fitnessröllchen in Lezithinsoße. Und Vitamin-D-angereicherten Eins-zwei-drei-Salat. Und natürlich eine Phosphorcola.«
Na super.
Schwester Rosalyn lässt mich mit meinem »Glück« allein. Ich schiebe Fitnessröllchen durch die kalte Lezithinsoße und garniere alles mit ein paar Schnippelchen Fertigsalat. Die Salatblätter haben die Form kleiner Enten. Immerhin, die habe ich zu Hause noch nie gekriegt. Wir kriegen immer nur die Buchstaben. Damit wir auch gleich unser Gehirn stimulieren.
Ich stehe auf und gehe ans Fenster. Da unten liegt die Stadt. Einige Viertel sind von riesigen Scheinwerfern hell erleuchtet. Solche Scheinwerfer gibt es bei uns auf dem Gelände auch. Auf dem Himmel über der Stadt ist in riesigen, bunt schillernden Laserbuchstaben zu lesen: »Jetzt mit noch mehr cooler Frische«. Schade, dass man die Fenster nicht einfach aufmachen kann wie die in den alten Filmen. Ich kann nur mein Gesicht an die Scheibe pressen und versuchen, irgendwas zu erkennen. Aber die Lichter

verschwimmen vor meinen Augen. Ich lege mich wieder aufs Bett. Über mir baumelt ein Dreieck aus Metall, an dem ich mich hochziehen kann, wenn ich mich schwach fühle. Mit einem Knopfdruck kann ich Schwester Rosalyn rufen.
Ich mache die Augen zu.
Ich kann bestimmt nicht schlafen.
Es kann so viel Schreckliches passieren.
Und ich bin total allein.
Komisch. Ich schlafe trotzdem sofort ein.

Ich wache auf, als jemand das Licht anmacht.
»Morrrgäään!«, krächzt eine Stimme.
Ich blinzle. Ist die Nacht schon vorbei? Es dämmert ja noch nicht mal draußen.
Ich drehe mich auf die Seite, um sehen zu können, wer hereingekommen ist. Dabei presse ich das Kissen vor mein Gesicht. Ich will niemanden erschrecken.
Neben dem Waschbecken steht eine kleine, gebückte Frau. Sie schnauft heftig, während sie einen Lappen in ihren Wassereimer tunkt, ihn auswringt und dann klatschend auf den Boden fallen lässt.
»Guten Morgen«, sage ich. Es klingt muffig, weil ich durch das Kissen spreche.
Die Frau richtet sich auf.
Sie hat das hässlichste Gesicht, das ich je bei einem erwachsenen Menschen gesehen habe. Ich meine, in Wirklichkeit. In den Info-Filmen zeigen sie uns alles, was nicht richtig ist, weil *Genosan* das ja vollkommen machen wird. Diese Frau ist echt nicht vollkommen. Ihre Nase ist noch schiefer als meine und so lang, dass die Spitze beinahe das Kinn berührt. Unter ihren eng beieinander

liegenden Augen hängen dicke Tränensäcke. Ihr breit lächelnder Mund hat fast keine Lippen. Der ganze Kopf sitzt auf einem langen, dürren Hals und der Hals wiederum auf einem rundlichen, gebeugten Körper.
»Bin ich nicht Hexe«, krächzt die Frau und lacht noch breiter. »Bin ich Olga. Putze ich hier sauber.«
»Ich bin Nora«, sage ich und nehme das Kissen vom Gesicht.
Olga betrachtet mich genau und wischt dabei ihre nassen Hände an ihrer Kittelschürze ab.
»Du nicht von hier, nicht?«, fragt sie.
Ich schüttle den Kopf.
»Welche Land? Land weit weg? Arme Land, ja?«
»Nicht weit«, sage ich.
»Gute Doktors.« Olga wickelt gekonnt ihr Putztuch um den Schrubber. »Machen dich in Ordnung.«
»Ich bin nicht krank«, sage ich.
Olga lacht und schießt mit dem Schrubber los. Als sie an mein Bett kommt, steckt sie die Hand in die Tasche ihrer Schürze und zieht einen grünen Genießerriegel hervor.
»Nachtisch gestern«, sagt sie. »Iss du.«
»Nein, danke schön.«
»Du isst.« Sie legt mir den Riegel einfach auf die Bettdecke und schrubbt weiter.
Ich kann nicht widerstehen, reiße die Verpackung auf und beiße in den grünen Riegel. Während die Genussstoffe in meinem Mund zerfließen, beobachte ich Olga. Sie ist so unglaublich hässlich.
Plötzlich richtet sich Olga auf und sieht mir in die Augen.
»Mein Land weit weg«, sagt sie. »Armes Land. Kein Geld. Keine Doktors.«

Bevor ich nachfragen kann, geht die Tür auf und Schwester Rosalyn kommt herein. Das heißt, ich denke zuerst, es ist Schwester Rosalyn, bis die Schwester sagt:
»Guten Morgen. Ich bin Schwester Tamara. Wie geht es dir heute?«
Schwester Tamara sieht genau gleich aus wie Schwester Rosalyn. Davon mal abgesehen, was haben die jetzt mit mir vor?
»Ich nehme dir erst mal Blut ab«, sagt Schwester Tamara. Ich halte ihr automatisch den Arm hin.
»Wo ist Robin? Kann ich ihn besuchen?«
Schwester Tamara schiebt mir ihre Nadel in den Arm, ohne aufzusehen.
»Nein. Robin kann man nicht besuchen. Besucher tragen immer Keime und Bakterien mit sich herum. Dagegen kann sein Körper sich jetzt nicht wehren.«
Offenbar mache ich ein ziemlich düsteres Gesicht, denn Schwester Tamara lächelt ein bisschen.
»Tut es weh? Schon vorbei. Drück hier drauf, du kriegst gleich ein Pflaster.«
»Kann ich denn Robins Mutter kennen lernen?«
Schwester Tamaras Lächeln verschwindet. »Sicher nicht. Du gehst jetzt wieder ins Bett. Heute wirst du nur untersucht.«
Als Schwester Tamara aus der Tür gegangen ist, lege ich mich wieder aufs Bett und starre zum Fenster.
Die Idee ist neu, aber sie hat sich gleich festgebissen. Robins Mutter! Ich möchte wenigstens Robins Mutter kennen lernen. Eine richtige Mutter!
Olga putzt das Bad. Ich höre sie schnaufen. Schließlich taucht sie wieder auf, knipst das Licht über dem Waschbecken aus und kommt an mein Bett.

»Mutter Robin liebe Frau«, sagt sie. »Sehr traurig, aber liebe Frau.«
»Ich würde sie so gerne kennen lernen.«
»Sie ist jeden Tag bei Sohn. Jeden Tag.« Olga nimmt die Hülle des grünen Genießerriegels und schiebt sie in ihren gelben Müllsack.
»Wo ist denn Robins Zimmer?«
Olga wiegt den Kopf hin und her.
»Ich habe versprochen, nicht zu sagen.« Sie überlegt, dann lächelt sie. »Ich habe nicht versprochen, nicht zu schreiben.«
Sie zieht ein zerknittertes bedrucktes Papier aus der Tasche, überfliegt es kurz, zuckt mit den Achseln und malt sorgfältig drei Zahlen auf die Rückseite.
»Du darfst nicht in Zimmer!«, sagt sie streng, während sie mir den Zettel reicht. »Nur mit Mutter sprechen!«
Dann klemmt sie ihren Schrubber unter den Arm.
»Morgen putze ich wieder sauber«, sagt sie. »Tschüsi!«
Und schon ist sie aus der Tür.
»Tschüs«, murmle ich verwirrt ins leere Zimmer hinein. Mein Herz klopft wie verrückt. Hoffentlich schwitze ich den Zettel in meiner Hand nicht durch. Dann kann man womöglich die Zahlen nicht mehr lesen.
Draußen wird es allmählich hell. Gerade als ich einschlafe, geht die Tür wieder auf und eine Schwester – Tamara oder Rosalyn? – bringt das Frühstück. Sie stellt das Tablett auf meinen Klapptisch und ist gleich wieder verschwunden.
Ich reiße das Vita-Milch-Päckchen auf und gieße die Milch über meine Zerealien, rühre mit dem Löffel drin rum und sehe mir an, wie die Flocken sich voll saugen und langsam absaufen. Ich lege Olgas Zettel hin, präge mir die Zahl ein und versenke dann den Zettel im Müsli. Ich rühre ein paarmal um und überzeuge mich, dass man nichts mehr lesen kann. Dann stelle ich die Schüssel

wieder aufs Tablett. Es ist so still. Wenn wenigstens irgendwo *Chromosome Radio* laufen würde wie bei uns den ganzen Tag.
Ich kann nicht aus dem Zimmer gehen, bis die Schwester das Tablett abgeholt hat.
»Heute passiert nicht viel«, sagt sie zu mir. »Du kannst es dir gemütlich machen.« Im Ernst. Sie sagt »gemütlich«.
Ich warte, bis es im Flur wieder ruhig ist. Dann schleiche ich zur Tür und öffne sie einen Spalt. Es ist niemand zu sehen. Aus einem Raum direkt am Treppenhaus dringen gedämpfte Stimmen. Ich schleiche an der Tür vorbei. Jetzt bin ich auf der Treppe.
Ich habe so ein komisches Flimmern in den Augen, wie immer, wenn ich total aufgeregt bin.
Und dann kommen ganz blöde Gedanken. Zum Beispiel, dass ich jetzt einfach die Treppe ganz runtergehen könnte, aus der Drehtür spazieren und runter in die Stadt laufen und mir das alles mal ansehen.
Wenn ich bloß nicht so eine Angst hätte.
Wenn ich bloß wüsste, wie ich Konrad finde.
Ich gehe die Treppe rauf. Ein Stockwerk, zwei Stockwerke. Wieder eine Milchglastür. Die ist verschlossen. »Bitte hier klingeln«, steht unter einem roten Knopf. Das traue ich mich natürlich nicht.
Ich sehe mich um. Neben ein paar Topfpflanzen (eine halb verdorrte Gänseblume und ein Fliegenfängerefeu) steht ein schokoladenbraunes Sofa. Auf einem Glastischchen liegen Zeitschriften. Ich setze mich hin und schiebe die Zeitschriften hin und her. Dabei schiele ich die ganze Zeit nach der Milchglastür.
Sind sie dahinter? Kommt Robins Mutter überhaupt raus? Vielleicht kommt sie den ganzen Tag nicht raus und nachts auch nicht. Vielleicht rennen ganz viele Frauen den ganzen Tag über rein und raus. Dann finde ich nie raus, welche die richtige ist.

Ich höre Schritte hinter der Tür. Das Flimmern vor meinen Augen wird stärker. Ich kann nicht mal mehr die Titel der Zeitschriften lesen. Es summt leise, die Tür öffnet sich. Eine Schwester kommt heraus. Ihr Blick streift mich nur kurz, während sie zur Treppe geht. Etwa zehn Minuten später kommt wieder eine Frau, auch sie im weißen Kittel. Die bemerkt mich überhaupt nicht, weil sie beim Gehen konzentriert in ihre Freisprecheinrichtung spricht.
Die Zeitschriften sind öde. Es geht um Geld. Leute, die zu viel davon haben, müssen sich solche Zeitschriften kaufen. Damit sie wissen, was man damit überhaupt anfangen kann. Ich stehe auf und sehe mir die Bilder an der Wand an.
Es sind gar keine richtigen Bilder. Es sind alles Werbeplakate. Das erste davon kenne ich sogar. Es ist die *Genosan*-Familie. So sieht es aus, wenn alle vollkommen sind. Die Mutter der Familie hat Ähnlichkeit mit Schwester Tamara und Schwester Rosalyn. Die Kinder, ein Mädchen und ein Junge, haben keine Ähnlichkeit mit Kindern, die ich persönlich kenne. Nur mit den Kindern im Fernsehen. Alle vier stehen vor einem weißen Haus mit rotem Ziegeldach. Ein wunderschöner, goldfarbener Hund trinkt Wasser aus dem Pool. Wenn ich dieses Bild ansehe, habe ich ganz widersprüchliche Gefühle. Ich werde total wütend, möchte es von der Wand reißen und in Stücke fetzen. Und ich möchte ewig davor stehen, darin versinken, bis ich selbst das Mädchen bin, ein richtiges Mädchen mit Mutter, Vater, Hund und Pool. Und ich bin ein bisschen stolz, weil ich immerhin zu *Genosan* gehöre und später mithelfen kann, dass alles vollkommen wird.
Das zweite Bild ist lustiger.
Ein Skelett steht in einem Supermarkt und betrachtet ratlos die vollen Regale. In denen lagern lauter menschliche Körperteile. Ein Verkäufer berät das Skelett. In seiner Sprechblase steht:

»Was darf es heute sein?
Eine Lunge, eine Zunge, ein Bein?
Fleisch auf die Knochen?
Haut und Haar? Eine Nase gar?
Lange nichts gerochen?
Hier werden Träume wahr!«

Und darunter steht in dicken blutroten Buchstaben: »Originalorgane aus den USA. Bei uns besonders günstig.«

Und das dritte Plakat ist ein langweiliges Blumenbild. »Bestattungshaus Pöschel« steht darunter. »Denn auch Ihr Arzt ist nicht unfehlbar.«

Ich drehe mich schnell um und pralle fast mit einer Frau zusammen, die gerade aus dem Lift steigt. Sie sieht mich verwirrt an und geht mit schnellen Schritten auf die Milchglastür zu. Ihr Duft ist noch da. Es muss Parfüm sein. Ohne zu zögern drückt sie auf den roten Knopf. Der Summton ertönt, die Frau verschwindet.

Warum habe ich sie nicht gefragt, ob sie Robins Mutter ist? Sie könnte es sein. Riechen Mütter immer so gut?

Was mache ich jetzt?

Ich trete ganz dicht an die Glastür. Sehen kann ich nichts. Aber ich höre undeutliche Stimmen.

»Willst du auch hier rein?«, fragt eine Stimme von hinten.

Hinter mir steht eine dunkelblonde Frau. Ihr Gesicht ist freundlich und traurig und ihre Hand, die sie nach dem roten Knopf ausstreckt, knochig und weiß. Sie duftet kein bisschen nach Parfüm. Ehrlich gesagt riecht sie sogar verschwitzt.

»Gehst du jemanden besuchen?«

Ich nicke.

»Meinen Papa«, krächze ich. Dann gebe ich mir von innen einen Schubs. »Und Sie?«

»Meinen Sohn«, sagt die Frau. In diesem Moment geht die Tür auf. Ich schlüpfe mit rein. Als die Tür hinter uns zufällt, geht die Frau an mir vorbei.
»Wie heißt Ihr Sohn denn?«
Die Frau zögert, dreht sich um. »Er heißt Robin«, sagt sie. »Und du?«
»Nelly«, sage ich schnell. Nicht besonders originell.
Die Frau interessiert sich sowieso nicht wirklich für meinen Namen. Sie geht weiter und biegt in einen Flur ab.
Ich bleibe zurück. Das Neonlicht flimmert. Ich spüre den Boden unter meinen Füßen nicht. Warum habe ich nicht noch was gesagt? Warum habe ich nicht gesagt, wie ich heiße? Vielleicht würde sie ja gerne mit mir reden. Vielleicht hätte sie mich zu Robin mitgenommen.
Aber dann fällt mir ein, wie ich aussehe. Sie hat bestimmt einen Schreck gekriegt.
Trotzdem. Das kann noch nicht alles sein. Ich muss noch mal mit ihr reden.
Ich schaffe es, mich eine Dreiviertelstunde im Flur und auf dem Klo herumzudrücken, von einem Werbeplakat zum anderen zu schleichen, dann wieder zum Fenster, von dem aus man den dicht zugeparkten Krankenhausparkplatz sehen kann. Wenn eine Tür klappt, drehe ich mich schnell um. Meistens tauchen Ärzte oder Pfleger auf. Manche runzeln die Stirn, wenn sie mich sehen, aber keiner spricht mich an. Ich sehe wahrscheinlich sehr aufgeregt aus, wie ein Kind, das sich Sorgen um seinen Vater macht. Oder ich sehe so hässlich aus wie ein Kind, das gerade einen schlimmen Unfall hatte und hier im Krankenhaus wieder richtig gemacht werden soll.
Endlich kommt sie wieder. Sie knäult ein Taschentuch zwischen

den Fingern. Ich mache einen Schritt auf sie zu. Sie weint. Ich bin wie versteinert. Im Fernsehen weinen zwar auch Erwachsene, aber bei *Genosan* nicht.
Ich traue mich nicht hinzugehen.
Ich traue mich doch.
Sie sieht mich verwirrt an, als ich vor ihr stehe, und lächelt dann gezwungen.
»Hallo, Nelly. Wie geht es deinem Papa?«
»Ich hab keinen«, sage ich. »Und ich heiße nicht Nelly. Ich heiße Nora.«
Sie reißt die Augen auf. Sogar der Mund öffnet sich ein wenig.
Eine Schwester kommt durch den Flur auf uns zu.
»Die denken, dass ich Robin helfen kann«, stammle ich hastig. »Ich würde ihn so gerne kennen lernen, aber die sagen, es geht nicht.«
Robins Mutter sieht sich hektisch um.
»Alles in Ordnung?«, fragt die Schwester.
»Sie hatten mir doch versprochen ...« Die Stimme von Robins Mutter überschlägt sich. »Sie sollte doch auf keinen Fall ... Bringen Sie sie hier weg, bitte!«
Die Schwester sieht so aus, als hätte sie nur eins verstanden: dass sie mich wegschaffen soll. Sie zerrt mich am Arm zur Tür.
»Wo kommst du überhaupt her? Welche Zimmernummer?«
»Ich weiß nicht.« Bloß nicht heulen! Wir Großen heulen nicht.
Die Schwester schleppt mich zur Pforte. Ich muss erklären, wer ich bin. Der Pförtner nickt und sagt der Schwester meine Zimmernummer. Kurz darauf bin ich wieder in meinem Zimmer. Auf dem Nachttisch steht schon wieder ein abgedecktes Esstablett.
Ich lasse mich aufs Bett sinken.
Was ist das für ein Geräusch an der Tür?

Ich springe schnell wieder auf, laufe hin und drücke die Klinke. Die Tür ist abgeschlossen.
Jetzt müsste ich Barbie sein. *Genoman* würde mich retten.

11.

»War's sehr schlimm?«
Ich zucke zusammen. Ich habe schon fast geschlafen. Ich bin so müde. Da ist Nelly. Die richtige Nelly. Und neben ihr Tim. Der strahlt übers ganze Gesicht.
»Tut es weh?«, fragt er. »Ariel und ihre Kinder sind ganz traurig gewesen, weil du nicht da warst. Sie haben Angst gehabt, dass du überhaupt nicht wiederkommst. Jetzt sind sie ganz froh.«
»Ich bin ja wieder da.«
»Jetzt bist du auch ganz froh, oder?«
»Ja.«
Ich mache die Augen zu.
Stimmt. Ich bin froh. Ich bin wieder zu Hause. Die Tage in der Stadt werde ich schnell vergessen. Ein Glück, dass Konrad mich nicht mitgenommen hat.
»Wenn ich aufstehen kann, gehe ich gleich zu Ariel«, verspreche ich Tim. »Ich bin gespannt, wie groß ihre Kinder schon sind.«
Ich werde mit Tim in den wilden Wald gehen. Ich werde meine Mails abrufen. Ich werde mir ansehen, was inzwischen mit *Genoman* passiert ist. Ja, ich freue mich, dass ich wieder zu Hause bin. Das hier ist zwar nicht so ein Zuhause wie das mit dem goldenen Hund, aber hier sind alle meine Freunde. Hier kann mir nichts passieren.
Nelly drückt meine Hand.
»Ich habe ein Geschenk für dich«, sagt sie.

Sie hält mir einen kleinen, in blaue Plastikfolie gehüllten Gegenstand hin. Ich packe ihn aus. Es ist ein Blumentopf. Aus dem Substrat wölbt sich ein winziger, pelziger Kaktus.

»Man kann es noch nicht richtig sehen«, sagt Nelly. »Aber das wird mal ein Kuschelkaktus. Habe ich selbst gemacht.« Sie grinst. »Na ja. Fast jedenfalls. Konstantin hat mir geholfen und mir die Sachen aus dem Labor besorgt.«

Konstantin ist ein Freund von Konrad. Nelly kann ihn gut leiden.

»Danke.« Ich streichle mit der Fingerspitze das weiche Kaktusfell.

»Du hast es gut«, sagt Nelly. »Du musst morgen noch nicht zum Unterricht.«

»Ich kann dir meinen Rücken gerne ausleihen«, murmle ich.

Nelly lacht. »Lieber nicht.«

Als die beiden weg sind, lege ich mich auf die Seite, stelle mit der Fernbedienung *Chromosome Radio* ganz laut und suche dann in der Nachttischschublade nach den *Dormodolce*-Tabletten. Ich lege mir zwei Stück auf die Zunge und spüle sie mit Phosphorcola runter. Ich will nicht träumen, wenn ich jetzt schlafe.

Die Folge »*Genoman* in Australien« habe ich verpasst. Schade. Ich wollte schon lange ein Känguru animieren. Nelly sagt, ich kann ganz froh sein, dass ich nicht da war. Bumerangs animieren ist nämlich total kompliziert. Jetzt ist *Genoman* in Afrika und sorgt dafür, dass die Leute dort nicht mehr so hungrig sind. Das Hungergefühl schafft er ganz ab. Es reicht, wenn die Afrikaner ab und zu mal Grashalme und Rinde kauen.

»Schmeckt bestimmt auch nicht öder als unser Essen«, kichert Nelly.

»In der Stadt kriegen sie den gleichen Fraß wie wir«, sage ich und schüttle mich.

»Der arme Konrad.«, sagt Nelly. »Dann hat sich die ganze Sache ja gar nicht gelohnt.«
Falsches Stichwort! Meine gute Laune ist wie weggeblasen. Wenigstens kapiert Nelly, warum ich so düster gucke.
»'tschuldigung«, sagt sie schnell und nimmt meine Hand. »Ich wollte dich nicht daran erinnern.«
»Schon gut.«
Ich schaue auf den Bildschirm. Gerade landet *Genoman* in einem afrikanischen Dorf. Er hat die Arme so weit ausgebreitet, als wollte er alle hungrigen Afrikaner an seine breite Brust drücken.
»Und warum beschafft er den Leuten nicht einfach genug zu essen?«, frage ich lauter, als ich wollte. »Ich denke, er kann alles.«
»Das kann ich dir sagen«, höre ich Dr. Schreymanns Stimme hinter mir. »Wenn alle Menschen auf der Welt so viel und so gut essen wollten wie wir hier, müssten wir überall große Lebensmittellabors und Fabriken bauen. Das würde sehr lange dauern und viel Geld kosten. Und am Ende würde den Afrikanern unser fortschrittliches Essen wahrscheinlich doch nicht schmecken. Warum sollen sie nicht das essen, was sie haben?«
»Das schmeckt ihnen bestimmt am besten«, sagt Nelly eifrig.
Dr. Schreymann schenkt ihr ein Lächeln.
In diesem Moment kann ich Nelly nicht ausstehen.
Überhaupt. Dauernd ist Nelly da. Tag und Nacht. Und Tim meistens auch noch. Und noch andere. Warum kann ich nicht ab und zu allein sein? Am liebsten hätte ich ein Zimmer ganz für mich. Aber das kann ich erst später kriegen, wenn ich in der Spez für *Genosan* arbeite.
Vielleicht sollte ich mir eine Hütte im Wald bauen. Aber im Moment traue ich mich noch nicht in den Wald. Ich fühle mich so schwach. Ich esse wenig. Ich kann nur trinken. Phosphorcola. Das

ist echt eine gute Erfindung. Wenn man die trinkt, wird alles gleich ein bisschen einfacher.
Ich weiß nicht, ob ich über den Zaun klettern kann. Ich habe auch Angst, dass die Blauen uns beobachten und bestrafen.
Bald wird es draußen kalt werden. Keine Ahnung, was dann aus Ariel und ihren Kindern werden soll. Warum soll ich mich überhaupt darum kümmern? Ich will eigentlich nur meine Ruhe haben. Meine Spez vorbereiten. Mein Geschenk zu *Chromosome Day* aussuchen. Bis *Chromosome Day* muss der *Genoman*-Film fertig sein. Es hat uns noch keiner gesagt, wie er ausgehen soll. Vielleicht heiratet er endlich seine schöne, gesunde Barbie, und die beiden kriegen das schönste und gesündeste Baby aller Zeiten.
Oder es geht alles ganz anders aus.
Vielleicht stürzt er bei seiner letzten Mission ab, wird abgeschossen, krachbumm.
Oder er vertut sich mit seinen Medikamenten und kriegt selbst eine ganz fürchterliche Krankheit, von der ihm Nase und Ohren abfallen. Und dann ist er so hässlich, dass er sich bis ans Ende seiner Tage vor seiner Barbie verstecken muss.
Na, dann könnte er ja zu uns kommen. Als Fluglehrer oder so was.
»Nora! Du hörst mir überhaupt nicht zu!«, schreit Dr. Schreymann direkt neben meinem Ohr.
Nelly rempelt mich in die Seite, als wäre das noch nötig.
Ich kriege prompt eine Strafarbeit. Ich muss zwei afrikanische Kinder programmieren, die glücklich Rindensuppe aus ihren Kürbisschüsseln löffeln. Dabei habe ich keine Ahnung, wie Kürbisschüsseln aussehen. Ich weiß noch nicht mal genau, wie ein ganz normaler Kürbis aussieht.
Die anderen aus der N grinsen in ihre Bildschirme. Ich weiß nicht, was mit denen los ist. Die sind komisch zu mir. Keiner hat gefragt,

warum ich eine Woche weg war. Eigentlich redet überhaupt keiner mit mir.
Egal. Ich brauche sie nicht.
»Ich helf dir mit der Strafarbeit«, flüstert Nelly.
»Danke, ich schaff das auch allein!«
Nelly zuckt zurück.
Ich weiß nicht, warum ich so gemein zu ihr bin.
Warum ich am liebsten zu allen gemein sein möchte.
Irgendwas ist nicht mehr richtig.
Seit ich in der Stadt war.
Nein, eigentlich seit mir die Blauen *Nowill forte* gegeben haben.
Nein, eigentlich seit Konrad weg ist.
Oder hat das alles sogar schon vorher angefangen?

12.

»Sehr geehrter Herr Dr. Koschke,
wie alle Kinder darf ich mir zu *Chromosome Day* etwas wünschen. Ich habe noch nicht die richtige Idee. Vielleicht können Sie mir ein Angebot machen? Ich darf ungefähr fünfzig Euro ausgeben. Es wäre schön, wenn Sie antworten würden. Ihre Nora.«
Was soll das?
Warum tue ich das?
Koschke hat nichts mit Konrad zu tun.
Er wird mir ein Set Reagenzgläser anbieten oder eine Elektrolupe.
Sonst nichts.
»Nora?«
Ich zucke zusammen. Es ist nur Tim. Ich habe nicht gehört, dass er hereingekommen ist. Tim schaut über meine Schulter, aber ich habe die Mail zum Glück schon abgeschickt.

»Du wolltest doch heute mitkommen«, sagt Tim. »In den Paradiesgarten.«
Natürlich will Tim nicht in den Paradiesgarten, sondern in den Wald zu Ariel. Er strahlt. Er freut sich darüber, dass er so klug ist und nichts vom wilden Wald sagt. Aber die Kinder an den Nachbar-PCs achten sowieso nicht auf uns.
»Ich bin gleich so weit. Hol dir noch eine Cola.«
Tim schüttelt den Kopf.
»Ich kann die nicht trinken. Mir wird jedes Mal schlecht.«
»Pech für dich.«
Ich trinke meine Cola aus und stelle die leere Flasche zurück in den Kasten. Dann flitze ich in mein Zimmer und ziehe die Windjacke mit dem großen N auf dem Rücken über. Ich bin eine N. Eine N-ull, ein N-ichts, eine N-iete, sagen die aus der M, um uns zu ärgern. N wie nett und nobel, sagen wir dann.
Ich habe Tim versprochen, ihn in den Wald zu begleiten. Eigentlich habe ich ja keine Lust, mich wegen ein paar Labortieren mit den Blauen anzulegen. Aber ich kann Tim jetzt nicht im Stich lassen. Wir klettern über den Zaun. Ich bleibe mit dem Schuh hängen und falle ungeschickt auf den Rücken. Wieso tue ich mir das an?
Benzo, Beta und Liose sind ein ganzes Stück gewachsen, seit ich sie zuletzt gesehen habe. Ich öffne die Stalltür und streichle Ariel. Ich glaube, die kennt mich nicht mal.
»Merkst du nichts?«, fragt Tim.
»Was soll ich merken?«
»Ariels Fell. Es ist ganz anders.«
Tim hat Recht. Ariel hat ein weicheres, dichteres Fell bekommen. Tim holt Liose aus dem Käfig und setzt sie sich auf die Schulter. Liose kuschelt sich an Tims Hals. Beta und Benzo schnuppern an den Frühstücksresten, die wir ihnen mitgebracht haben.

»Jetzt kannst du gleich selbst sehen, dass sie unser normales Essen mögen«, sagt Tim.
Und tatsächlich beißt Benzo kräftig in die Ballasto-Plus-Schnitte, während sich Beta unter begeistertem Grunzen den roten Hirnaktiv-Riegel vornimmt. Ich hebe Ariel aus dem Verschlag. Sie duftet nach Holz, nach Wald. Mit den Fingern wühle ich in ihrem Fell. Wirklich merkwürdig. Ich habe noch nie ein CX4 mit einem so dichten Pelz gesehen.
»Ich glaube, sie kriegt ein Winterfell«, sage ich. Davon habe ich mal was gelesen.
Tim legt seine Hand um Liose und überlegt.
»Ich glaube auch«, sagt er dann. Liose klettert über seinen Arm zurück in den Verschlag. Ich setze Ariel dazu. Sie leckt über Lioses Ohren. Liose grummelt leise vor sich hin.
»Und die Kinder?«, fragt Tim. »Kriegen die auch ein Winterfell?«
»Keine Ahnung.«
»Wenn sie frieren, bringe ich sie in mein Zimmer.«
»Hör auf mit dem Quatsch!«
»Du kannst mir gar nichts befehlen!« Tim funkelt mich an.
Ich zucke mit den Achseln. Hat keinen Wert, dass ich mich aufrege.
»Es ist ja noch gar nicht kalt«, sage ich versöhnlich zu Tim. »Wir können abwarten, was passiert. Vielleicht wird es kein kalter Winter.«
»Liose hat ganz kalte Pfoten«, sagt Tim.
»Das bildest du dir ein.«
Tim schiebt die Unterlippe vor. Er greift nach Lioses Vorderpfote, aber die zieht sie schnell unter den Bauch.
»Uns fällt schon was ein.« Ich streichle über Tims Haare. Die fühlen sich viel strohiger an als Ariels Fell.

»Dann laufe ich eben weg und gehe zu Konrad«, murmelt Tim.
»Konrad hat uns im Stich gelassen!« Ich werde schon wieder wütend. »Dem brauchst du überhaupt nicht nachzuheulen! Und außerdem ist er ein Dieb!«
Tim dreht sich zu mir um. Seine Augen sind weit aufgerissen.
»Ist er gar nicht!«
»Er hat was aus dem Labor geklaut und ist damit abgehauen.« Ich stopfe meine Hände in die Jackentaschen. »Jetzt weißt du's. Er hat *Genosan* beklaut. So was ist doch total mies. Obwohl er hier alles gehabt hat.«
»Du lügst!«, schreit Tim. Mit einem Griff reißt er die dreibeinige Liose wieder aus dem Stall, drückt sie an sich und läuft weg.
»Bleib hier!«, schreie ich. Aber er läuft einfach weiter.
Na super! Das habe ich ja fein hingekriegt.
Ariel reckt ihre Nase aus dem Verschlag. Fehlt nur, dass sie jetzt noch hinterherhüpft. Ich klappe schnell die Gittertür zu und schiebe den Riegel vor.
Na und? Ich brauche mir keine Sorgen zu machen. Tim wird schon zurückkommen. Wo soll er denn hin? Er kann gar nicht verloren gehen. Er hat ja seinen Chip im Arm. Man kann ihn immer wiederfinden.
Ich rücke die Äste zurecht, mit denen wir Ariels Versteck tarnen, und gehe zurück zum Waldrand. Von hier aus kann man die Schule sehen. Wenn die Sonne scheint, leuchtet sie richtig. Aber jetzt ist der Himmel dick verhangen und die Gebäude sehen aus wie mit dem schlechteren Waschmittel gewaschen. Die Straßen, Höfe und Parkplätze sind ganz schwarz.
Ich erinnere mich an ein Bild, das ich im Grundprogramm gemalt habe. Wir sollten unsere Schule malen. Aber weil weiße Gebäude auf weißem Papier langweilig zu malen sind, habe ich sie alle

bunt ausgemalt: das Wohnhaus blau, das Unterrichtsgebäude rot mit gelben Punkten, die Sporthalle grün-violett gestreift und auf den betonierten Innenhof habe ich lauter bunte Blümchen gemalt.

Wenn ich die S.M. wäre, dann würde ich dafür sorgen, dass die Schule in Wirklichkeit genau so angemalt wird.

Die S.M. An die möchte ich überhaupt nicht denken.

Ich habe Nelly erzählt, dass die S.M. eine Frau ist und dauernd grün-gelbe Pillen nimmt, aber sie glaubt mir nicht. Sie macht es sich einfach. Sie glaubt, dass ich Märchen erzähle. Genau wie Konrad. Dem habe ich auch nicht geglaubt.

Von hier aus müsste man das Fenster der S.M. sehen können. Ich kneife die Augen zusammen. Ein Eckfenster im obersten Stockwerk. Gibt es sie überhaupt? Vielleicht war wirklich alles nur ein Traum. Vielleicht hat Nelly Recht und ich erzähle nur Geschichten. Ich bin so müde. Und ich habe einen Wahnsinnsdurst auf Phosphorcola mit noch mehr cooler Frische! Wo ich gerade dran denke, halte ich es kaum noch aus. Mein Hals ist ganz trocken. Ich gehe los, und weil Gehen so langsam ist, fange ich an zu rennen. Ich renne den Hügel runter bis zum Zaun, klettere hastig drüber und fetze durch den Paradiesgarten. Zwischen den Gute-Laune-Zitronen ist eine kleine Colaquelle. Ich halte einen Becher drunter, kippe ihn ab und fülle noch mal nach. Dann gehe ich mit meinem Becher in den PC-Raum. Und fange an, meine Flaschenpost zu schreiben. Diesmal habe ich sehr lang gebraucht. Ich muss immer wieder Pausen machen. In diesen Pausen denke ich nicht mal nach. Ich starre nur auf den Bildschirm und mein Kopf ist ganz leer. Ich trinke noch drei Becher Cola, aber diesmal hilft es nicht.

Jetzt muss ich nachsehen, ob Tim zurück ist. Und wenn nicht?

Ach. Sollen sie doch alle weggehen und mich in Ruhe lassen.
Ich weiß auch nicht, ob ich noch eine Flaschenpost schreiben werde. Ist doch sinnlos. Zeitverschwendung. Na denn. Tschüs.

13.

Jetzt muss ich doch noch mal. Ist schon so eine Gewohnheit. Ich kann ja auch mit niemandem richtig reden. Nelly will überhaupt nichts mehr von mir wissen. Und Tim kann man nichts erzählen. Schon mal gut, dass er überhaupt wieder da ist. Überrascht hat es mich nicht. Es war gleich klar, dass er sich nicht traut, richtig wegzulaufen.
Also. Man muss sich das so vorstellen. Ich sitze an meinen Hausaufgaben. Und dann plötzlich Rikas Stimme.
»Du hast Besuch!«, sagt sie.
Sie hat schon einen Fuß im Zimmer, die Türklinke noch in der Hand, und ist offenbar unsicher, ob sie ganz hereinkommen darf. Darf sie nicht. Sie soll einfach wegbleiben.
Ich weiß nicht. Ich mag ihr einfach nicht mehr in die Augen sehen. Da schaue ich schon lieber starr in meinen Pocket-PC. Versuche gerade, aus dem Netz zu erfahren, welche Kürbissorte für die Herstellung von Kürbisschüsseln geeignet wäre. Aber ich lande immer nur bei Kürbissuppe, gefülltem Kürbiskuchen und dann bei Leuten, die mir einen Kredit anbieten.
Morgen muss ich die Strafarbeit abgeben.
»Was denn für einen Besuch?«
Darunter kann ich mir nichts vorstellen. Mich besuchen mal Kumpels aus der Schule. Aber die lassen sich nicht von Rika anmelden.
Dann fällt mir was ein.
Die Blauen?

Mein Kopf fängt an zu pochen.
»Im Sekretariat«, sagt Rika. »Beeil dich.«
Sie zieht den einen Fuß wieder zurück, zögert noch einen Moment und macht die Tür zu.
Ich klappe den Pocket-PC zusammen und rapple mich vom Bett hoch. Ich werde den Afrikanischen Flaschenkürbis nehmen und damit Schluss. Wahrscheinlich kennt der Schreymann sich mit Kürbissen selbst nicht aus. Ich halte mich krampfhaft an meinem Kürbisproblem fest, während ich in meine Turnschuhe schlüpfe und die Klettverschlüsse zudrücke.
Das Sekretariat befindet sich in der Nähe des Haupteingangs. Frau Biederle, die Sekretärin, kenne ich von den Schulfesten her. Sie ist ziemlich dick und dabei sehr lustig. Sie leitet die Bauchtanzgruppe, bei der auch Rika mitmacht.
Frau Biederle sieht mich vom Schreibtisch aus fragend an, als ich eintrete. Dann schaut sie auf einen Zettel.
»Du bist Nora?«
Ich nicke.
»Geh links rein.« Sie deutet auf eine Tür. »Eine Dame wartet auf dich.«
Damen kenne ich nur aus dem Fernsehen.
Ich drücke vorsichtig die Tür auf.
Die Dame sitzt mit dem Rücken zu mir am Tisch. Vor ihr steht ein dampfender Kaffeebecher. Sie zuckt zusammen, als ich die Tür zumache, und sieht sich um.
Es ist Robins Mutter.
Richtiger Besuch also. Besuch von draußen. Ich weiß überhaupt nicht, was ich sagen soll. Ich stehe einfach da und starre sie an.
Robins Mutter schiebt ihren Stuhl zurück und macht einen Schritt auf mich zu.

»Wie geht es dir?«
»Gut«, sage ich trotzig. »Der Rücken tut nicht mehr so weh.«
Robins Mutter steht vor mir, hebt eine Hand, als wollte sie mich streicheln, lässt die Hand aber wieder sinken.
»Setz dich doch«, sagt sie. »Was möchtest du trinken?«
»Cola.«
Robins Mutter geht an den Automaten, aus dem sie wohl schon ihren Kaffee geholt hat, stellt einen Becher unter den Colahahn und drückt auf den roten Knopf. Die Cola plätschert in den Becher.
Ich setze mich an den Tisch. Robins Mutter stellt mir die Cola hin.
»Danke.« Ich nehme einen Schluck. Dann sagen wir beide eine Weile nichts. Robins Mutter fingert an ihrem Kaffeebecher rum.
Endlich sieht sie wieder auf.
»Nora, ich wollte mich bei dir entschuldigen. Nein. Ich wollte mich bei dir bedanken. Oder beides.«
»Wie geht es Robin?«, frage ich.
»Gut. Es geht ihm gut. Na ja. Noch nicht richtig gut. Er liegt noch im Krankenhaus. Aber es geht ihm gut. Er wird wieder gesund.«
Ich nicke.
»Nora, ich war im Krankenhaus sehr unfreundlich zu dir. Es tut mir Leid. Ich war sehr aufgeregt. Ich hatte Angst um Robin.« Sie sieht in ihren Kaffee, als erwarte sie, dass jeden Moment ein Ungeheuer daraus auftaucht.
»Ist schon klar.«
»Es war gemein von mir. Du hast so viel für uns getan. Du hast Robin das Leben gerettet.«
Ich zucke mit den Achseln, als wäre mir alles egal. Aber eigentlich ist es ganz schön, so was zu hören. Wie im Fernsehen.
Robins Mutter atmet ganz tief durch.
»Du sagst gar nichts.«

Ich zucke wieder mit den Achseln, lache dann verlegen, sage aber immer noch nichts. Ich weiß einfach nicht, was man zu so einer vollkommenen Mutter sagt.

Robins Mutter steht auf und wirft dabei fast ihren Kaffeebecher um.

»Ich habe dir ein Geschenk mitgebracht«, sagt sie und greift nach einer Tüte, die an der Garderobe hängt. Sie entnimmt ihr ein in rot-weißes Geschenkpapier gewickeltes Paket und reicht es mir.

Ich packe es sehr langsam aus. Ich kriege selten Geschenke, die ich mir nicht selbst bestellt habe.

Ein wunderschönes Sweatshirt kommt zum Vorschein. Es ist himmelblau mit weißen Wolken drauf und fühlt sich so weich an wie Ariels Fell.

»Gefällt es dir?« Robins Mutter greift nach ihrem Kaffeebecher, sieht, dass er leer ist, und stellt ihn so schief wieder hin, dass er fast umkippt und sie ihn schnell festhalten muss.

Ich hätte nie gedacht, dass Mütter so schusselig sind. Die Mütter, die ich kenne, also die im Fernsehen, sind immer die Ruhe selbst und behalten in den irrwitzigsten Situationen die Nerven.

»Es ist schön. Die Farbe ist schön.« Ich halte das Sweatshirt an mich. Es ist kein Spiegel da. Robins Mutter mustert mich.

»Es steht dir gut«, sagt sie lächelnd. »Ich hatte deine Augen richtig in Erinnerung.«

Sie meint meine Kontaktlinsen. Wenn die wüsste, dass ich in Wirklichkeit rote Augen habe! Wahrscheinlich würde sie schreiend weglaufen.

Sie beißt sich auf die Unterlippe.

»Ich muss jetzt gehen.«

Ich nicke.

»Danke schön. Und viele Grüße an Robin.«

»Danke, richte ich aus. Vielleicht schreibt er dir mal. Er soll dir mal schreiben.«
Robins Mutter ist schon an der Tür. Sie hat den Türknopf in der Hand, als sie sich noch mal umdreht.
»Nora, ich wollte nur … Geht es dir gut?«
»Der Rücken tut fast nicht mehr weh«, wiederhole ich.
»Ich meine, fühlst du dich wohl hier? Hast du viele Freunde?«
»*Genosan* ist Mutter und Vater für uns. Wir sind eine große Familie. Und es ist eine Ehre, zu *Genosan* zu gehören. *Genosan* macht die Schöpfung erst vollkommen.«
Robins Mutter verzieht ein bisschen das Gesicht, aber dann lächelt sie gleich wieder.
»Ich freue mich, dass du hier so zufrieden bist. Mach's gut, Nora, und noch einmal danke schön.«
Und schon ist sie wieder weg.
Geht wieder zu ihrem Sohn.
Ihrem Haus.
Ihrem goldenen Hund.
In ihr vollkommenes Leben.
Ich sitze einen Moment lang wie erstarrt da. Dann packe ich das Sweatshirt und schmeiße es quer durch den Raum. Das ist eine unbefriedigende Aktion, denn Klamotten machen keinen Krach, wenn sie an eine Wand schlagen. Es hätte richtig knallen und poltern müssen, dann wäre mir vielleicht wohler.
Ich gehe hin und hebe das Shirt wieder auf.
Ich rieche daran.
Es hat überhaupt keinen Geruch. Keine Spur.

14.

Der Schreymann war mit meinen Kürbisschüsseln zufrieden. Ich klicke auf dem Bildschirm immer und immer wieder die kleinen Afrikanerkinder an und lasse sie ihre Rindensuppe löffeln, bis ihnen schlecht wird. Ich bin sehr zufrieden mit mir. Eigentlich hat das Animieren Spaß gemacht.

Als ich Stunden später vor meinem Spez-Berater sitze, weiß ich deswegen schon genau, was ich von ihm will:

»Werbung und Öffentlichkeitsarbeit, das wäre genau das Richtige für mich.«

Er winkt sofort ab.

»Das will jeder Zweite von euch. Lass dir mal was Originelles einfallen. Wir bräuchten noch Kräfte in der Laborverwaltung. Hast du ein gutes Zahlengedächtnis? Und schaffst du es, mit einem Tabellenprogramm umzugehen?«

Ich beiße mir auf die Unterlippe.

»Tiere mag ich noch gerne.«

Der Spez-Berater verdreht die Augen.

»Deine Noten im Programmieren sind nicht so berauschend«, sagt er. »Und in Labortechnik auch nicht. Aber in Mathe und Deutsch bist du ganz gut. Ich würde sagen, in der Verwaltung wärst du genau richtig aufgehoben.«

»Das ist mir zu langweilig«, sage ich.

Der Spez-Berater beugt sich über den Tisch. Er ist nur ein paar Jahre älter als ich. Er hat nur ein Auge und sein linker Arm ist winzig klein und verdreht. Die Leute von *Genosan* sind echt super. Die kümmern sich um jeden.

»Das ist gar nicht so langweilig«, sagt er. »Und du hast Aufstiegschancen. Vielleicht kommst du bis ganz oben.«

Er deutet an die Decke.

»Kann ich mich nicht doch für Werbung und Öffentlichkeitsarbeit anmelden? Bitte!« Ich setze mein süßestes Lächeln auf. Na ja, mit meinem Gesicht ist echt nicht viel zu machen. »Ich animiere total gerne. Und Dr. Schreymann hat gesagt, ich habe sehr viel Fantasie.«

Genau genommen hat der Schreymann »kranke Fantasie« gesagt, aber das muss ich dem Spez-Berater nicht auf die Nase binden.

Er seufzt.

»Na gut«, sagt er. »Ich melde dich für den Test an. Aber überlege dir lieber schon mal, was du machst, wenn du durchfällst. Neunzig Prozent fallen nämlich durch.«

»Danke!« Ich strahle den Spez-Berater an.

Merkwürdigerweise wird er ganz rot.

»Schick gleich den Nächsten rein«, brummt er und senkt die Nase in seinen Laptop.

Ich gehe in mein Zimmer. Mein Blick fällt auf Nellys Kuschelkaktus auf der Fensterbank. Er sieht traurig und zusammengeschrumpelt aus und fühlt sich kratzig an. Ich trage ihn zum Waschraum, lasse Wasser in ein Becken einlaufen und stelle den Kaktus einfach rein. Hoffentlich erholt er sich wieder.

Ich hole mir eine Phosphorcola und gehe in den PC-Raum. Ich sollte gleich mal ein bisschen Animation üben. Irgendwas Nettes programmieren. *Genoman* auf Erholungsurlaub im Paradiesgarten. Wie die spezialsüßen, aber zahnfreundlich zuckerfreien Feigen in seinen Mund fallen und Barbie ihm die starken Schultern mit Kokosrosenmilch einschmiert, während die entlaufenen Eichhörnchen nach und nach zurückkommen, sich auf einen Ast setzen und *Genoman* mit Tränen in den Augen anhimmeln.

Ich schüttle den Kopf. Wenn ich nicht ein bisschen ernsthafter darüber nachdenken kann, wird es nie was werden mit meiner Spez.

Gedankenverloren klicke ich die Mailbox an.
Und zucke zusammen.
Ich schaue mich schnell um, aber es steht niemand hinter mir, der auf meinen Bildschirm schielen könnte.
»Absender: Laborversand Koschke.«
Mein Blut rauscht so in den Ohren, dass ich das Mausklicken gar nicht höre.
»Liebe Nora. Danke für die Anfrage. Wir haben leider keinen Katalog, den wir dir online schicken könnten. Am besten wäre es, du würdest mal bei uns hereinschauen. Du findest uns am Europlatz, schräg gegenüber der Laserwerbung. Ich wünsche dir einen fröhlichen *Chromosome Day*. Wie geht es euren CX4s? PS: Neuerdings versorgen wir unsere Labortiere regelmäßig mit der neuen Phosphorcola. Es hat sich gezeigt, dass sie dann besser gehalten werden können, weil sie apathisch und willenlos werden. Es lässt sich jetzt viel leichter mit ihnen arbeiten.«
Der Colabecher in meiner Hand fühlt sich auf einmal sehr kalt an. Was meint Konrad damit? Wenn es überhaupt Konrad ist. Ich bin immer noch nicht sicher. Wenn ja, will er mich warnen? Oder ist das alles nur ein Witz? Oder eine Serie von Missverständnissen?
Im Fernsehen verschlüsseln sie wichtige Botschaften immer. Aber da gibt es nie Missverständnisse. Jeder weiß, was gemeint ist. Wenn im Fernsehen einer was über CX4s schreiben würde, dann wüsste jeder, dass die Nachricht von Konrad kommt, klar.
Und dann die Sache mit der Cola. Das ist doch totaler Quatsch. Was soll denn mit der Cola sein? Die trinken doch alle.
Es stimmt allerdings, dass ich in letzter Zeit ziemlich müde und lustlos bin. Ich mache alles mit. Ich bin am liebsten allein. Aber das hat doch mit der Cola nichts zu tun. Das hat damit was zu tun, dass Nelly mich nervt und Tim noch so klein ist und ich mich nach

allem, was passiert ist, nicht mehr mit den Blauen anlegen möchte. Und nach der Sache im Krankenhaus wäre jeder müde. Das ist doch klar.
Ich glaube das alles nicht.
Aber ich will meine Cola trotzdem nicht austrinken. Ich gehe in den Waschraum und kippe den Rest aus dem Becher in den Abfluss.
Kaum ist der letzte Tropfen weg, kriege ich Lust auf einen frischen Becher.
Was soll der Unsinn? Ich weiß noch nicht mal, ob wirklich Konrad diese Botschaften schreibt. Und ein Versuchstier bin ich auch nicht. Schon stehe ich wieder vor dem Automaten.
Gerade kommt Konstantin – Nellys Konstantin – durch die Tür.
»Hallo«, sage ich.
Aber Konstantin grüßt mich nicht. Er schlurft mit einem leeren Becher auf den Automaten zu, füllt ihn, trinkt ihn aus, füllt ihn noch mal. Er wischt sich den Mund ab. Dann sieht er mich an. Seine Augen sind ganz komisch, als wäre er ganz weit weg.
»Ich geh wieder«, sagt Konstantin.
»Weißt du, wo Nelly ist?«
»Keine Ahnung«, murmelt Konstantin, und es klingt beinahe so, als wäre es ihm egal. Die Tür fällt hinter ihm leise ins Schloss.
Der benimmt sich doch wirklich merkwürdig.
Quatsch. Ich sehe Gespenster. Sonst nichts. Aber die Gespenster halten mich im Moment doch davon ab, meinen Colabecher wieder zu füllen.
Wenigstens im Moment. Keine Ahnung, ob ich das durchhalte.

15.

Gestern war mal wieder *Chromosome Day*.
Der Appell unter den Fahnen hat diesmal besonders lange gedauert. Es hatte geschneit. Genau das richtige Wetter zum Feiertag. Unter den flatternden Fahnen und in der hellen Sonne haben wir die Hymne und andere Lieder gesungen. Das heißt, ich habe nicht viel gesungen. Das irre Gefühl im Bauch, von dem ich mal geschrieben habe, habe ich beim Appell schon lange nicht mehr gehabt. Jetzt ist da nur noch ein unbehagliches Krabbeln im Rücken, als wäre mir im wilden Wald ein Käfer in den Kragen gefallen.
Unser *Genoman*-Film war immerhin ein voller Erfolg. Es soll nächstes Jahr noch eine Fortsetzung geben, weil auf der Welt immer noch nicht alles vollkommen ist.
Als Geschenk habe ich mir nur eine Teach-'n'-Play-Disc bestellt. Eigentlich ist das rausgeschmissenes Geld. Lehrmaterial gibt es an der Schule genug. Ich habe mir eine über Labortiere bestellt und gehofft, dass ich da noch was Wichtiges über CX4s erfahren kann. Aber die Leute, die die Disc gemacht haben, wissen selbst nicht viel über CX4s. Vielleicht gibt es die nur in den *Genosan*-Labors.
Tim macht sich große Sorgen um Ariel und ihre Kinder, weil es in den nächsten Tagen weiter schneien soll.
Nelly hat als Geschenk für sich ein Haut-und-Haar-Pflegeset bestellt. Sie kommt schon seit Stunden nicht mehr aus dem Bad raus. Später ist sie mit Konstantin im Fernsehraum verabredet.
Bisher habe ich mich jedes Jahr wochenlang auf *Chromosome Day* gefreut und schon lange vorher mit den anderen gebastelt und Räume dekoriert.
Dieses Jahr hatte ich überhaupt keine Lust dazu.
Obwohl ich schon die ganze Zeit fast keine Cola mehr trinke, hatte ich keine Lust. Nelly war sauer auf mich. Sie meint, ich habe ihr mit meiner Miesepetrigkeit den ganzen *Chromosome Day* verdor-

ben. Sie hat gut reden. Sie hat ihren Konstantin. Sie trinkt ihre Cola. Sie glaubt immer noch alles, was sie uns in Info erzählen. Für sie ist alles in Ordnung.
Ich wünschte, ich könnte auch so sein.
Ich fühle mich oft allein.
Dabei sind wir hier doch eine große Familie, bla bla bla.
Wenn die Blauen wüssten, was ich denke, würde ich ungeheuren Ärger kriegen. Oder die dicksten Pillenhämmer, die sie in ihrem Arzneischrank finden.
Plötzlich kann ich mir vorstellen, wie Konrad sich gefühlt hat. Konrad hat auch nichts mehr geglaubt.
Wenn man aufhört zu glauben, kann man es hier nicht mehr aushalten. Das ist völlig verrückt. Ich könnte in der Infostunde kotzen. Ich weiß nicht, wie das kommt. Ich kann mich noch erinnern, dass ich früher alles geglaubt habe. Dass ich auf *Genosan* total stolz war. Ehrlich gesagt, ich wäre das gerne immer noch. Und nun geht es plötzlich nicht mehr. Kann es daran liegen, dass ich nicht wie die anderen jeden Tag literweise Cola trinke? Oder waren Konrads Sticheleien, *Nowill forte*, die S.M. und die Aktion in der Stadt einfach zu viel für mich?
Ich habe schon ernsthaft überlegt, ob ich mich freiwillig zur Therapie anmelden soll. Wenn die Blauen meine Flaschenpost lesen würden, dann müsste ich sowieso hingehen. In der Therapie machen sie einen wieder richtig. Wenigstens im Kopf.
In meinem Kopf ist überhaupt nichts mehr richtig.
Ich möchte weg und habe keine Ahnung, wohin.
Um Nelly ein bisschen zu beschwichtigen, helfe ich ihr im Festsaal die Chromosomen-Girlanden abzuhängen. Nelly ist sehr ordentlich. Sie schafft es, die Girlanden so haargenau zusammenzufalten, dass sie aussehen, als wären sie noch unbenutzt. Weil

ich für so was viel zu hibbelig bin, bringe ich die fertig gefalteten Girlanden zum Lagerraum.

»Und der S.M. ist garantiert keine Frau«, sagt Nelly, als sie mir die letzte Girlande überreicht. »Ich hab gestern genau hingesehen. Du bist einfach verrückt geworden. Mit dir ist nichts mehr anzufangen. Entweder erzählst du die abgedrehtesten Geschichten oder du sagst gar nichts.«

Ich zucke mit den Schultern.

»Ich hätte sowieso lieber ein Einzelzimmer«, sagt Nelly. Sie klettert von der Leiter und setzt eine große Colaflasche an den Mund. Ich kann ihr das nicht ausreden. Sie glaubt mir einfach nicht, dass mit der Cola was nicht stimmt. Ich glaube es inzwischen. Mein Kopf funktioniert wieder ganz anders, seit ich das Zeug fast nicht mehr trinke. Mit Tim verstehe ich mich im Moment am besten. Der trinkt auch keine Cola, weil ihm davon kotzübel wird.

»Grüß Konstantin von mir«, sage ich zu Nelly und nehme den Korb mit den Girlanden.

»Ach der«, sagt Nelly gelangweilt. »Ich weiß noch gar nicht, ob ich mich wirklich mit ihm treffe.« Sie nimmt noch einen großen Schluck. Als sie die Flasche absetzt, ist die halb leer.

Ich drehe mich um und gehe weg. Sonst sage ich doch wieder was. Und das wäre einfach reine Energieverschwendung.

Ich habe an Koschke eine Grußkarte zu *Chromosome Day* geschickt, aber er hat nicht geantwortet.

Ich treffe Tim am Eingang zum Paradiesgarten. Er ist ganz aufgeregt.

»Ich habe im Paradiesgarten richtige Vögel gesehen! Die waren ganz schön. Gelb und ein bisschen schwarz. Die wollen vielleicht was zu essen.«

»Meinst du, sie sind noch da?«

»Bestimmt!« Tim hüpft von einem Fuß auf den anderen. »Komm mit! Ich zeig sie dir!«
Er flitzt mir voraus über die Marmorwege. Ich kann ihm kaum folgen. Wenn Tim irgendwo ein Tier gesehen hat, ist er nicht zu halten.
Jetzt wo es draußen kalt ist, gehen wir oft im Paradiesgarten spazieren. Der ist schön geheizt und die Bäume sind noch grün.
»Irgendwo dahinten waren sie«, flüstert Tim und biegt die Äste eines Pizzaduftstrauches auseinander.
Ich spähe durch die Äste, aber ich kann nichts erkennen.
»Habt ihr was verloren?«, fragt eine strenge Stimme hinter uns.
Ich kenne diese Stimme. Leider.
Es ist die S.M.
Tim steht wie versteinert. Er hat das Gesicht erkannt. Gestern war es mal wieder auf der Riesenleinwand zu sehen. Aber die Stimme hat ihn bestimmt überrascht.
»Wir haben nur …«, stottert er. Er hat schon Tränen in den Augen. Tim ist total ängstlich geworden. »Da waren nämlich zwei Vögel.«
Die S.M. nickt gnädig. »Du kannst gehen. Ich muss mich mit Nora unterhalten.«
Tim packt mich am Ärmel. Er sieht mich unglücklich an.
»Geh schon«, sage ich unfreundlich, obwohl ich gar nicht unfreundlich zu ihm sein will. Ich habe Angst vor der S.M.
Tim geht langsam zurück in Richtung Schule. Er sieht sich immer wieder nach uns um.
»Komm mit«, sagt die S.M. Sie nimmt mich an der Schulter und schiebt mich an den Pizzaduftsträuchern und den Gute-Laune-Zitronen vorbei zu einem kleinen Pfad, den ich noch nie bewusst wahrgenommen habe.
»Da entlang.«

Ich bücke mich unter den Ästen durch. Es ist so eine Art Geheimpfad und er führt bis zu einer gläsernen Tür. Dahinter geht der Paradiesgarten weiter.
»Mein Privatgarten«, sagt die S.M. Sie legt ihre Handfläche vor das Türauge und die Tür geht auf.
Drinnen ist alles noch schöner, die Pflanzen noch grüner, der Duft noch berauschender. Und vor allem: Hier fliegen tatsächlich echte kleine Vögel rum. Rote, gelbe, blaue. Die habe ich noch nie gesehen. Die S.M. streckt die Hand aus und ein roter Vogel landet darauf wie an einer Futterstelle. Ich bin völlig platt.
»Zwei davon sind wohl ausgerissen«, sagt die S.M. »Aber die kommen zurück. Die wissen, wo sie ihr Futter kriegen.«
Sie zeigt auf eine Gruppe von Stühlen, die um einen Springbrunnen herumstehen.
»Setz dich.«
Der Vogel bleibt einfach auf ihrer Hand sitzen, als sie hinter mir her zu den Stühlen geht, mir einen zurechtrückt und sich selbst setzt. Ich muss ihn dauernd ansehen. Er ist wunderschön. Ich kenne so was nur aus dem Fernsehen.
»Gut, dass wir uns getroffen haben, Nora«, sagt die S.M. Sie schüttelt ihre Hand und der Vogel flattert auf den Rand des Springbrunnens, senkt seinen Schnabel ins Wasser und trinkt. »Ich muss mit dir reden.«
Da ist wieder das Flimmern vor den Augen. Haben sie jetzt doch noch meine Flaschenpost gefunden? Ich war nicht besonders vorsichtig. Wer meine Flaschenpost liest, weiß, dass ich Zweifel habe. Zweifel ist eigentlich gar nicht das richtige Wort dafür. Die schlichte und düstere Wahrheit ist, dass ich nicht mehr wie früher an *Genosan* glaube.
Die S.M. gießt mir ohne zu fragen eine Cola ein.

»Du erinnerst dich an Robins Mutter.«
Ich nicke. Das Sweatshirt, das sie mir mitgebracht hat, habe ich nie angezogen. Sie wäre vielleicht enttäuscht, wenn sie das wüsste. Vielleicht wäre es ihr auch egal.
Die S.M. sitzt kerzengerade. Sie sieht den roten Vogel an, der jetzt ins Wasser hüpft und mit kurzen, kräftigen Flügelschlägen Wasser über seinen Rücken spritzt. Als würde er duschen. Eigentlich sieht das witzig aus, aber mir ist gar nicht nach Lachen zumute.
»Robin geht es gut. Er und seine Mutter sind dir natürlich sehr dankbar. Robins Mutter hat allerdings so eine Art«, sie wedelt mit der rechten Hand, »so eine Art fixe Idee. Sie meint, sie müsse dich für das, was du getan hast, belohnen.«
»*Genosan* hat so viel für mich getan«, murmle ich automatisch. »Es ist selbstverständlich, dass ich helfe, wo ich kann.«
Die S.M. nickt. »Das finde ich auch. Dennoch möchte ich dir den Vorschlag von Robins Mutter nicht verheimlichen. Sie möchte, dass du uns verlässt und bei ihr und Robin in der Stadt wohnst.«
Im Ernst. Das sagt sie. Dann sagt sie eine Weile nichts mehr und ich sage auch nichts mehr, weil die Gedanken in meinem Kopf alle wild durcheinander schießen. Ich mache die Augen zu. Ich möchte mich wegzaubern. Irgendwohin, wo mich keiner sieht. Wo keiner eine Antwort von mir erwartet.
»Ich bin doch hier zu Hause«, sage ich schließlich. »*Genosan* ist Mutter und Vater für mich.«
»Das habe ich auch gesagt.« Die S.M. atmet tief durch. »Aber du hast die Wahl. Ich kann mir nicht vorstellen, dass du dein ganzes Leben, deine Familie, deine Zukunft einfach aufgeben möchtest. Du weißt ja, warum du hier lebst und nicht in der Stadt.«
Jetzt sieht sie mir ins Gesicht. Und jeder Quadratzentimeter Haut und Knochen fängt unter diesem Blick an zu brennen.

Ich kann gar nicht draußen leben. Draußen bin ich Hohn und Spott ausgeliefert.
Aber dann sehe ich Olga vor mir. Olga aus dem »armen Land«. Die lebt auch da draußen, obwohl sie aussieht wie eine Hexe aus dem Zeichentrickfilm.
Die S.M. schluckt eine ihrer grün-gelben Pillen. Ihr Gesicht entspannt sich.
»Robins Mutter wird dich noch einmal besuchen«, sagt sie. »Und mit dir reden. Ich möchte, dass du darauf vorbereitet bist. Dass du dir klar machst, aus welchem Grund du hier bei uns lebst.«
Ich nicke.
Die S.M. beugt sich vor. Plötzlich sticht ihr Blick wieder eiskalt zu. »Und noch eines muss ich dir sagen: Falls du dich entschließen solltest, von hier wegzugehen, ist diese Entscheidung endgültig. Du wirst nie wieder einen Fuß auf unser Gelände setzen. Du wirst niemanden von deiner Familie je wiedersehen. Es gibt viele, die auf deinen Platz an unserer Schule nur warten.«
Ich nicke wieder.
»Geh jetzt«, sagt die S.M. »Ich habe zu tun.«
Ich stehe auf. Die S.M. hat schon ihren Pocket-PC auf dem Tisch liegen. Die Glastür lässt sich von innen ganz einfach öffnen. Ich stolpere über den verborgenen Pfad.
Bei den Gute-Laune-Zitronen wartet Tim auf mich.
Er zuckt zusammen, als ich so plötzlich aus dem Gebüsch auftauche.
»Wo warst du?«
»Dadrin«, sage ich und deute hinter mich.
Tim reibt sich die Nase.
»Haben sie Konrad gefunden?«, flüstert er.
Ich schüttle den Kopf. Ich kann ihm nicht in die Augen sehen.

Ich weiß nicht, wie ich es ihm sagen soll.
Wie soll ich ihm bloß klar machen, dass ich demnächst auch noch von hier verschwinde.

Teil 2

Die Stadt

1.

Ich habe mir alles Mögliche vorgestellt. Die verrücktesten Sachen. Ich meine, was einem da draußen passieren könnte. Ich kenne das ja alles aus dem Fernsehen. Die Gangster zum Beispiel, von denen man leicht überfallen werden kann. Es hätte sogar sein können, dass Sofia – das ist Robins Mutter – selbst eine geisteskranke Kindermörderin ist oder so was. Ist sie aber nicht. Und wenn sie es doch ist, dann verstellt sie sich bis jetzt wahnsinnig gut.
Und dann habe ich gedacht, die Leute auf der Straße laufen kreischend weg, wenn sie mich sehen. Aber die sehen mich überhaupt nicht, weil ich gar nicht aus dem Haus gehe.
Ich habe mir auch schöne Dinge vorgestellt. Dass Robins Mutter in dem weißen Haus mit dem blauen Pool und dem goldenen Hund wohnt. So ist es aber nicht. Sie wohnt in einer Wohnung im sechsten oder siebten Stock an einer riesigen Straße.
Und natürlich habe ich, ehrlich gesagt, gedacht, dass Robin mir wahnsinnig dankbar ist, weil ich ihm das Leben gerettet habe. Im Fernsehen sind sie immer total dankbar. Manchmal heiraten sie einen sogar. Na ja, die im Fernsehen kann man auch immer heiraten. Die sind ja vollkommen. Ich habe noch nie gesehen, dass ein Geretteter seine Retterin so fies behandelt, wie Robin mich behandelt.
Vielleicht ist er enttäuscht, weil ich so schlimm aussehe. Er kennt die Filme wahrscheinlich auch, in denen die Lebensretterinnen immer wahnsinnig hübsch sind.

Jedenfalls will er nicht viel von mir wissen.
Das ist verrückt. Jetzt sitze ich hier. Ich habe niemanden mehr außer Sofia und ihm. Ich sitze in dieser Wohnung fest. Wenn die mich blöd behandeln, bin ich aufgeschmissen. Vielleicht übertreibe ich. Sofia behandelt mich überhaupt nicht blöd. Und ich habe sogar ein eigenes Zimmer. Das ist traumhaft. Mit einem Pocket-PC. Einem neuen. Den von *Genosan* durfte ich ja nicht mitnehmen. Ich durfte überhaupt nichts mitnehmen Und jetzt darf ich nicht an Tim und Nelly schreiben. Die S.M. hat es mir streng verboten. Die war vielleicht sauer. Ich glaube, sie hat nicht ernsthaft damit gerechnet, dass ich weggehe.
»Wenn einer von unseren Schülern eine Nachricht von dir bekommt, werden wir ihm sofort eine gehörige Ladung *Phlegmoxon* verabreichen, damit er deinen Unsinn vergisst«, hat sie gesagt. »Du wirst deine früheren Freunde in Ruhe lassen. Du wirst nicht noch mehr Unruhe stiften. Und du wirst nie wieder zu uns gehören.«
Ich kann mich gar nicht daran erinnern, dass ich schon einmal Unruhe gestiftet habe.
Mir war eigentlich gleich klar, dass ich Sofias Angebot annehme. Dass ich von *Genosan* weggehe. Aber das heißt nicht, dass es mir leicht gefallen ist. Am schlimmsten war es, von Tim wegzugehen. Ich durfte ihm nicht erklären, wohin ich gehe. Und natürlich hat er geheult wie ein Schlosshund. Als ich mich von ihm verabschieden wollte, hat er sich versteckt. Ich darf gar nicht daran denken, sonst wird mir ganz schlecht. Ich durfte wirklich überhaupt nichts einpacken. Sofia hat mir neue Klamotten in die Schule geschickt, die habe ich angezogen. Ich hatte keine Tasche, nichts. Noch nicht mal Nellys Kuschelkaktus durfte ich mitnehmen. Um nicht loszuheulen, habe ich mir die ganze Zeit vorgestellt, dass ich in der

Stadt Konrad treffen werde. Europlatz. Gegenüber der Laser-Reklame. Das finde ich bestimmt.
Erst im Auto ist mir eingefallen, dass die Blauen vergessen haben, mir meinen Chip rauszunehmen. Dabei brauche ich den gar nicht mehr. Denen kann es doch jetzt egal sein, wenn ich verloren gehe. Die haben mich einfach zu einem großen Parkplatz am Stadtrand gebracht. Es dämmerte schon. Ich musste aussteigen und dann sind sie weggefahren. Und es war noch viel zu früh. Sofia war noch gar nicht da. Ich hatte keine Jacke und es war kalt. Die blauen Scheinwerfer sind nur so an mir vorbeigeflitzt. Als könnten Autos überhaupt nicht anhalten. Die Verkehrsschilder haben lange, rasende Schatten geworfen. Und ich stand da und hatte gar nichts. Ich weiß nicht, ob ich mich in meinem Leben noch mal so hundeelend fühlen werde. Ich habe überlegt, wie viele Tage ich wohl laufen muss, bis ich wieder zu Hause bin. Ich habe gedacht, ich muss völlig durchgeknallt sein, dass ich von *Genosan* weggehe. Der Gedanke kommt immer noch hoch. Ich dränge ihn mit Mühe zurück. Ich konnte mich einfach nicht anders entscheiden. Ich habe nicht daran gedacht, dass Robin so komisch zu mir sein könnte. Ich habe gedacht, Robin ist so was wie ein Bruder.
Robin ist immer noch krank. Er liegt nicht mehr im Krankenhaus, aber er bleibt meistens den ganzen Tag im Bett. Er ist sehr blass und sehr dünn und muss dauernd Medikamente schlucken, von denen ihm kotzübel wird. Kein Wunder, dass er miese Laune hat.
»Du wirst bald wieder ganz gesund sein«, sagt Sofia immer wieder zu ihm. »Und das hast du Nora zu verdanken. Sie wird dir die Zeit ein bisschen verkürzen.«
Ich weiß nicht, ob sie mich deswegen rausgeholt hat. Weil ich Robin die Zeit verkürzen soll. Ich tue mein Bestes, echt. Ich würde ihn gerne ablenken. Aber ihn interessiert ja nichts. Er sieht mich nicht

mal richtig an. Na ja, das ist kein Wunder. Er ist so was wie mich nicht gewohnt. Er kennt nur vollkommene Kinder. Ich mag mich auch nicht mehr gerne ansehen. Hier sind überall Spiegel. Den in meinem Zimmer habe ich mit einer Decke zugehängt. Ja, und jetzt sitze ich also jeden Tag an Robins Bett und lege mich ins Zeug und lasse mich zum Dank von ihm anknurren.
Und dafür habe ich mein ganzes Leben aufgegeben?
Und wenn Sofia merkt, dass Robin nichts mit mir anfangen kann? Was ist dann?
Die nehmen mich ja nicht zurück.
Vielleicht, wenn ich mich beeile. Wenn ich ganz schnell wieder auftauche, bevor ein anderes Kind meinen Platz bekommen hat. Wenn ich bitte und bettle und auf unsere Fahne schwöre, dass ich *Genosan* ein Leben lang treu dienen will. Vielleicht sind sie dann großzügig. In solchen Momenten würde ich sofort alles schwören.
Jeden Abend nehme ich mir vor: Morgen früh sagst du Sofia, dass du nach Hause willst.
Aber wenn es Morgen wird, kommt Sofia leise in mein Zimmer und lässt die Rollläden hoch. Und wenn ich ihr Gesicht dann deutlich erkennen kann, bringe ich es nicht mehr fertig. Dann sage ich wieder nichts und lasse den Tag einfach kommen.
Sofia lächelt fast immer, wenn sie mit mir spricht. Ihr Nora-Lächeln ist anders als ihr Robin-Lächeln, weiter entfernt, aber mir genügt es.
Aber wenn ich abends wieder im Bett liege, steigt die Angst immer weiter an wie Hochwasser, und bevor sie meine Nasenspitze erreicht, muss ich wieder aufstehen und das Licht anknipsen.
Sofia und Robin schlafen. Jedenfalls ist es in der Wohnung ganz ruhig. Der Pocket-PC brummt leise. Solange ich schreibe, geht es mir besser. Als wäre da draußen ein richtiger Freund, nicht nur

ein vielarmiges, endloses Kabelnetz, das meine Nachrichten einfach so schluckt und verdaut.

Sofia geht nie weg.
»Ich kann Robin doch nicht allein lassen«, sagt sie zu mir, während sie ihren rechtsdrehenden Jogurt löffelt.
»Er ist nicht allein. Ich bin doch da.«
»Und warum sollte ich weggehen?« Sofia schaut zum grauen Fenster. Man sieht nur die Fassade des gegenüberliegenden Hauses. »Wohin soll ich denn gehen?«
»Einkaufen«, sage ich. Das machen die Leute in den alten Filmen immer.
Sofia lacht. Zugegeben, das war ein dummer Vorschlag. Kein Mensch muss aus dem Haus gehen, nur weil er etwas kaufen will. Wo es doch im Netz alles gibt. Einmal am Tag klingelt es an der Tür und dann bringt jemand die Mahlzeiten und das Klopapier und was wir sonst so brauchen. Oder die Sachen, die Sofia für mich bestellt. Sie bestellt mir nämlich dauernd Sachen zum Anziehen und für mein Zimmer.
»Gehst du nie Freunde besuchen?«, frage ich und klatsche eine große Ladung Schocuja auf mein Brot. Schokocreme mit Maracujastückchen. Die gab's zu Hause bei *Genosan* auch immer. Es ist ganz gut, dass wenigstens ein paar Kleinigkeiten noch so sind oder so schmecken wie früher.
Auch wenn sie eigentlich beschissen schmecken.
Aber Sofia besucht ihre Freunde nicht. Sie telefoniert manchmal, aber meistens hängt sie abends im Netz rum. Sie kennt dadrin viele Leute, deren Kinder dieselbe Krankheit haben wie Robin. Mit denen tauscht sie sich aus, sagt sie. Das sind die Einzigen, die sie verstehen.

Abends darf sie sowieso nicht weggehen. Das darf keiner. Alle müssen zu Hause sein, wenn es dunkel ist. Wie zu Hause bei *Genosan*. Da durfte bei Dunkelheit auch keiner mehr draußen rumlaufen.
Zum Arbeiten muss Sofia natürlich auch nicht aus dem Haus gehen. Sie arbeitet in der Wohnung an ihrem PC.
Und abends macht sie höchstens mal ein bisschen Bodyfitness an den Wellfit-Geräten. Das mussten wir zu Hause bei *Genosan* auch jeden Tag machen. Hier hatte ich bis jetzt keine Lust auf die Quälerei. Jedenfalls ist alles gar nicht so aufregend, wie ich es mir vorgestellt habe. Ehrlich gesagt eher ein bisschen langweilig.
Ich habe in meinem Zimmer den Ergosessel ans Fenster gerückt. Da unten braust der Verkehr. Menschen sehe ich nur von oben. Sie gehen schnell, auch wenn die Sonne scheint. Ich kann nicht erkennen, wie schön sie sind. Muss ich auch nicht. Ich kenne das ja aus dem Fernsehen. Wenn es regnet, ist die Straße bunter, weil die Regenschirme ganz unterschiedliche Farben haben.
Sofia findet es normal, die ganze Zeit in der Wohnung zu bleiben. Aber ich nicht. Ich halte das echt nicht aus. Ich wäre so froh, wenn ich jetzt mal schnell durch den Paradiesgarten spazieren könnte. An den wilden Wald darf ich gar nicht denken.
»Wie groß ist die Stadt eigentlich?«, frage ich Robin. Er hat sein Mittagessen nur halb aufgegessen und läuft schon wieder grünlich an.
»Kannst du dir sowieso nicht vorstellen«, schnappt er.
»Wenn die Stadt so groß ist, warum verlaufen sich die Leute nicht dauernd?«
»Die kennen sich eben aus. Die sind nicht so doof wie du. Und wenn sie was nicht wissen, dann schauen sie auf dem Stadtplan nach.«
»Was ist denn ein Stadtplan?«

Robin richtet sich halb im Bett auf. Er sieht mich an, wie Dr. Schreymann mich angesehen hat, wenn ich die einfachsten Dinge nicht konnte. Eine primitive Falltür animieren oder so was.
»Du bist ja wirklich total blöd«, sagt Robin. »Ich meine den Stadtplan im Netz. Du tippst eine Straße oder einen Platz ein und dann sagen die einem, wie man hinkommt.«
»Ach so, das meinst du«, sage ich gleichgültig und lasse eine rosagelb karierte Plüschmaus über seine Bettdecke krabbeln. Er wischt sie ungeduldig weg.
»Du würdest dich sowieso sofort verlaufen«, knurrt er böse. »Weil du ja überhaupt keine Ahnung hast.«
»Du wärst ganz froh, wenn ich mich verlaufen würde und nie mehr wiederkäme, oder?«
Robin zuckt mit den Achseln. »Mir doch egal.«
»Mir doch egal!«, äfft ihn die Plüschmaus mit ihrer Piepsstimme nach.
Fast hätte Robin gegrinst. Ich habe es genau gesehen. Aber er dreht sich schnell weg.
»Mir ist schlecht«, murmelt er aus dem Kissen. »Lass mich allein. Sag meiner Mutter, dass sie kommen soll.«
Ist mir ganz recht. Ich kann es sowieso kaum erwarten, in meinem Pocket-PC den Stadtplan abzurufen.
So einfach ist das nämlich.
»Bitte Ziel eingeben.« Die Stimme in meinem PC ist so klebrig süß wie Phosphorcola.
»EUROPLATZ« tippe ich ein.
»Bitte Startadresse eingeben«, säuselt die Stimme.
Mann! Ich bin wirklich ziemlich blöd. Ich habe nicht mal eine Ahnung, wo ich hier bin. Ich meine, die Adresse. Ich gehe leise zur Tür. Sofia redet mit Robin. Ich schleiche in Sofias Zimmer. Aus

ihrer Handtasche fische ich ihre IdentiCard. Es ist wie in den Krimis im Fernsehen.
»Sofia Reutter« steht neben dem Fingerabdruck. »Allianzallee 6537«.
Schnell stecke ich die Karte zurück, hänge die Handtasche weg und laufe zurück in mein Zimmer. Ich habe das Gefühl, etwas sehr Verbotenes getan zu haben. Wie bestrafen Eltern hier draußen ihre Kinder, wenn die etwas Verbotenes tun? Vielleicht hat Sofia ja auch irgendwelche rosa Pillen im Schrank, die ich schlucken muss, wenn sie sauer auf mich ist.
»Allianzallee«, tippe ich ein.
»Nummer?«
»6537.«
»Bitte nehmen Sie die U 23 am Haltepunkt Persilplatz Richtung Telecomchaussee; umsteigen am Knotenpunkt Natobank in die U 17, Richtung Golfkaserne ...«
Gut, dass ich mir das alles ausdrucken kann. Keine Ahnung, was das »U« bedeuten soll. Aber das kriege ich raus. Es muss ein Verkehrsmittel sein. In den Cybergames gibt es immer Raumgleiter oder wenigstens Laserflugzeuge. Ich vermute mal, dass es die hier noch nicht gibt.
Jedenfalls weiß ich jetzt ungefähr, wie ich zu Koschke komme.
Wenn es den wirklich gibt.
Und in diesem Moment bin ich zum ersten Mal einfach nur froh, dass ich mich getraut habe, von *Genosan* wegzugehen.

2.

Als ich auf der Straße stehe, ist es überhaupt nicht mehr wie im Cybergame. Weil ich nicht ausschalten kann. Weil der Wind so heftig durch die Häuserschlucht fegt und an meinen Haaren zerrt. Weil so viele Autos vorbeibrausen und die Leute nicht mal »Entschuldigung« sagen, wenn sie mich angerempelt haben.

Komisch, es hat noch keiner laut gekreischt, wenn er mein Gesicht gesehen hat. Ich habe mir Sofias Schildkappe aufgesetzt und tief in die Stirn gezogen, aber man kann mein Gesicht natürlich trotzdem sehen.

U bedeutet übrigens Untergrundbahn. Das stand im Anhang zum Stadtplan. Klar, darauf hätte ich selbst kommen können. U-Bahnen kommen praktisch in jedem Krimi vor. Meistens werden irgendwelche unliebsamen Leute vor die einfahrende Bahn gestoßen.

Meine Bahn fährt also hier irgendwo unter der Erde. Und an den Haltepunkten kann man ein- und aussteigen. Ich bleibe stehen und sehe mich nach einer Treppe um, die in die Tiefe führt. Stehen bleiben ist auch nicht so einfach. Ich bin ständig jemandem im Weg. Die Leute haben es alle eilig. Sie machen so grimmige Gesichter, als müssten sie zur Untersuchung. Vielleicht sind auch Gangster dabei. Die ziehen sowieso grimmige Gesichter. Sogar die Männer auf den Tretrollern wirken nicht so, als würde ihnen das Rollerfahren wirklich Spaß machen.

Endlich traue ich mich, eine ältere Frau anzusprechen. Sie ist nicht so schön wie die anderen. Ein bisschen erinnert sie mich an Olga. »Entschuldigung, wo ist denn der Haltepunkt Persilplatz?«, frage ich. Und finde es komisch, dass diese Leute dieselbe Sprache sprechen wie ich, obwohl ich aus einer ganz anderen Welt komme.

Die Frau sieht mich ein bisschen misstrauisch an. Aber dann lächelt sie.

»Wenn du zu dem Schild mit dem blauen U kommst, dann geh einfach die Treppe runter. Da unten fahren alle U-Bahnen.« Sie überlegt. »Hast du einen Fahrausweis? Den kannst du am Automaten kaufen.«

Kaufen! Ich habe überhaupt keine GeldCard. Sofias Card wollte ich nicht mitnehmen. Das wäre richtiger Diebstahl. Ich habe gedacht, ich muss nichts kaufen. Ich habe nicht gewusst, dass man ohne Geld nicht U-Bahn fahren kann. In den Filmen steigen sie immer einfach ein.

Ratlos sehe ich die Frau an.

»Du hast Glück«, sagt sie und fängt an, in ihrem Rucksack zu kramen. »Ich hatte eine Tageskarte gelöst, aber die brauche ich nicht mehr. Du kannst sie haben. Sie gilt aber nur heute.« Sie reicht mir ein Plastikkärtchen mit einem Chip drauf. So was wie die FoodCard.

»Danke schön!«

»Tschüs!« Die Frau winkt mir noch mal zu und geht weiter.

Den U-Bahnhof finde ich jetzt. Und weil ich den anderen Leuten einfach alles nachmache, ist es ganz einfach. Ich schiebe das Kärtchen in einen Schlitz und eine dreiarmige Sperre lässt mich durch bis zum Bahnsteig. Als die Bahn einfährt, habe ich ein bisschen Angst. Weil sie mit ihren drei Lichteraugen so auf uns zurast, als könne sie überhaupt nicht anhalten. Wenn mich jetzt jemand schubst, dann war's das.

Als die Bahn direkt vor mir steht, lese ich auf den Wagenseiten: »Jetzt mit noch mehr cooler Frische.«

Dann geht alles weiter wie in einem meiner Cyberspiele. Ich muss immer nur eine Aufgabe nach der anderen lösen. Einsteigen, umsteigen, die Namen der einzelnen Haltepunkte rausfinden. Es kommen noch nicht mal irgendwelche Aliens aus den U-Bahn-

Tunneln geschossen, es liegen keine Bomben unter den Gleisen, der U-Bahn-Fahrer scheint nicht betrunken zu sein. Gerade mal Level 2 würde ich sagen.
Irgendwann gehe ich eine Treppe hoch ins Freie und lese: »Europlatz.«
Mitten auf dem Europlatz steht ein Turm mit einer riesigen Uhr unter der Spitze. Ich schaue den rasenden Hundertstelsekunden einen Moment lang zu. Dann erst schaue ich mir die Stunden und Minuten genauer an. Es ist schon spät. Wenn es dunkel ist, muss ich zu Hause sein. Level 3. Spiele, in denen ständig die Zeit abläuft, kann ich nicht besonders leiden. Die machen mich nervös. In so was ist Nelly besser.
Die Laserreklame kann ich nirgends entdecken. Deswegen muss ich um den ganzen Platz rumgehen und mir die einzelnen Geschäfte ansehen. Es sind Cola-Bars, Computerläden, Siesta-Hotels, ein Pudelsalon, ein Waffengeschäft, ein Detektivbüro. Weit und breit kein Laborbedarf.
Die Zahlen auf der großen Uhr rasen und rasen.
Vielleicht ist Koschke umgezogen.
Oder er ist pleite.
Was mache ich jetzt?
Ich sehe entnervt an der Häuserwand hoch.
Und da entdecke ich das kleine rote Schild, das an einem Fenster des dritten Stockwerks festgemacht ist:
»Koschke. Laborartikel aller Art.«
Anstatt stolz zu sein, kriege ich einen Riesenschreck.
Es ist vielleicht schon ein bisschen spät. Ich könnte doch ein andermal wiederkommen. Ich schleiche so lange vor dem Haus rum, bis ich von der anderen Straßenseite zwei Uniformierte mit einem großen Hund auf mich zukommen sehe. Wie ein Gangster

drücke ich mich schnell in die offene Haustür und stehe im Treppenhaus. Es ist weiß gekachelt und riecht nach Melancholischen Gänseblumen. Das Treppenhaus bei Sofia sieht genauso aus, allerdings riecht es nach Kokosrosen.

Im dritten Stock entdecke ich das Messingschild:

»Dr. Alfred Koschke. Dipl. Labortechniker.«

Und damit ich nicht mehr abhauen kann, klingle ich gleich zwei Mal.

Fast sofort geht die Tür auf.

»Ja?«, fragt ein junger Mann mit Brille und blauem Kittel.

Es könnte *Genosan*-Blau sein.

Ich habe mir genau überlegt, was ich sagen werde.

»Ich wollte noch mal nachfragen wegen des CX4«, spule ich ab. »Ob man das im Winter draußen lassen kann.«

Der blaue Mann zieht die Augenbrauen hoch. Ich stehe immer noch im Flur. Er sieht nicht so aus, als hätte er die Absicht, mich hereinzulassen.

»Deswegen kommst du her?«

Ich nicke. »Sie hatten mir doch die Mails geschickt. Wegen des CX4.« Und weil er immer noch den Kopf schüttelt. »An Nora in der *Genosan*-Schule. Wissen Sie nicht mehr? Ich bin Nora.«

Auf der Stirn des Blauen bildet sich eine steile Falte.

»So, von *Genosan* kommst du? Und du kommst extra hierher, um mir so eine dämliche Frage zu stellen?«

Ich komme so nicht weiter.

»Vielleicht haben gar nicht Sie selbst die Mails geschrieben. Vielleicht war es ja Konrad.«

Der blaue Mann mustert mich genau. Ich kann seinen Blick hinter der funkelnde Brille nicht deuten.

»Hier ist kein Konrad. Und was dein CX4 angeht, da rufst du am

besten mal den Labortierverein an. Die kennen sich mit so was aus. Die Nummer steht im Netz. Tschüs.«
Und schon hat er mir die Tür vor der Nase zugemacht.

Zuerst denke ich, ich gehe nicht weg. Ich bleibe einfach so lange hier stehen, bis Koschke wieder aufmacht. Aber dann fällt mir die Sperrstunde ein. Wenn es dunkel ist, muss ich zu Hause sein. Ich habe Angst vor den Uniformierten und ihren Hunden. Und da rase ich einfach die Treppe runter zurück zur U-Bahn. Ich schaue vorsichtshalber gar nicht auf die Uhr. Ich will zurück zu Sofia. An meinen Pocket-PC. Obwohl der mir auch keinen Rat geben kann.
Ich bin froh, als ich durch das Fenster der U-Bahn das Schild »Persilplatz« lesen kann. Jetzt bin ich fast zu Hause. Ich gehe die Treppen hoch und stehe wieder auf der Allianzallee.
Und dann fällt mir etwas total Dämliches ein.
Ich habe den Ausdruck vom Stadtplan in der letzten U-Bahn liegen lassen. Auf dem Ausdruck steht meine Hausnummer. Ich habe mir die nicht gemerkt.
Könnt ihr euch so was vorstellen?
Ich bin einfach aus dem Haus gerannt und habe vergessen, mir zu merken, wo ich herkomme. Allianzallee, gut. Aber die ist riesig, lang und breit und an jeder Straßenseite ziehen sich gleichförmige Häuserzeilen entlang. Jedes Haus hat mindestens zehn Stockwerke. Ich weiß nicht mal mehr, in welchem Stockwerk Sofia wohnt. Wir waren ja nie draußen.
Ich kann es einfach nicht glauben. Ich klappere nacheinander die Hauseingänge ab. Sie kommen mir alle bekannt vor. Nirgendwo stehen Namen an den Klingeln. Die Wohnungen sind einfach nur durchnummeriert.
Nachdem ich bestimmt eine halbe Stunde von einem Haus zum

anderen gehetzt bin, kapiere ich, dass ich keine Chance habe. Ich kann Sofia nicht finden.
Das ist vielleicht ein blödes Gefühl. Sie ist bestimmt ganz in der Nähe. Ich könnte mich mitten auf die Allianzallee stellen und ihren Namen rufen. Aber durch den Verkehrslärm hindurch hört sie bestimmt nichts.
Und wenn ich auf dem Parkplatz am Stadtrand gedacht habe, ich werde mich nie mehr im Leben so hundeelend fühlen, dann habe ich mich getäuscht. Ich habe mich ganz schnell weiter gesteigert. Das hier ist noch heftiger. Auf dem Parkplatz wusste ich wenigstens, dass Sofia kommt. Hier holt mich garantiert keiner ab. Ich stehe einfach da und es wird dunkel. Und dann kommen die Gangster und die Uniformierten mit ihren Hunden. Ich kann mich nicht verstecken. Ich kann denen nicht sagen, wo ich wohne.
Bleibt nur eine einzige Tür in dieser ganzen Stadt, die ich wiederfinden würde: Koschke.
Level 8.
Ich denke gar nicht lang nach, sondern rase zurück zur U-Bahn. Als ich am Europlatz aussteige, ist es bereits dunkel. Ab und zu hastet noch eine Gestalt vorbei. Autos fahren schon keine mehr. Was ich Koschke sagen soll? Keine Ahnung. Egal. Er muss mich reinlassen. Er kann mich nicht in der Sperrstunde hier draußen stehen lassen. Ich kenne niemanden außer ihm.
Ich läute an seiner Tür.
Ich läute Sturm.
Aber hinter der Tür bleibt es ganz still.
Ich drücke mich so eng an die Tür, dass man mich vom Treppenhaus aus nicht gleich sieht.
Ich denke an Sofia. Ich denke an Konrad. An Tim und Nelly. Sogar

ein bisschen an Robin. Solange ich an jemanden denke, den ich mag, wird die Angst nicht ganz übermächtig.
Das Licht im Treppenhaus geht aus. Ich lasse mich an der Tür runterrutschen, bis ich auf der Schwelle sitze.
Level 10. Oder schon Game Over?
Es ist nicht besonders gemütlich, aber ich bin so erschöpft, dass ich einschlafe.

3.

Ich wache auf, weil mich jemand anrempelt. Ich reiße die Augen auf, aber es ist ganz dunkel im Treppenhaus.
Jetzt leuchtet ein kleines, aber sehr helles Licht auf und blendet mich. Ich kneife die Augen schnell wieder zu.
»Was machst denn du hier?«, zischt eine Stimme.
Es könnte eine Gangsterstimme sein. Oder die Stimme eines Uniformierten. Oder doch die von Koschke.
»Ich hab geschlafen«, stammle ich.
Der Mann greift über mich drüber und sperrt die Tür auf. Er zerrt mich am Arm in die Wohnung, schließt die Tür und knipst das Licht an.
Es ist Koschke. Koschke ohne blauen Kittel, aber immer noch mit dünner Brille.
»Was machst du hier?«, fragt er noch mal. Seine Stimme klingt eher müde als böse.
»Ich hab mich verlaufen. Ich habe den Rückweg nicht mehr gefunden.«
»Und wo wohnst du?«
»Irgendwo in der Allianzallee. Ich weiß die Nummer nicht mehr.«
Koschke runzelt die Stirn.

»Du bist doch kein kleines Kind. Du wirst dir doch deine eigene Hausnummer merken können.«
»Ich wohne erst seit ein paar Tagen in der Stadt.«
»Zeig mir deine IdentiCard.«
Ich krame meine IdentiCard aus der Hosentasche. Sie ist ganz verbogen, weil sich das Plastik an meinen Hintern angepasst hat. Koschke stört das nicht. Er schaut sich die Card genau an. Ich drehe inzwischen den Kopf in alle Richtungen. Was erwarte ich? Dass Konrad hier irgendwo im Regal sitzt?
Koschke gibt mir die IdentiCard zurück.
»Kannst du irgendwo anrufen?«
Ich schüttle den Kopf. Sofias Handy-Nummer habe ich mir genialerweise auch nicht aufgeschrieben. Nicht mal die Mail-Adresse weiß ich. Mann, ich kam mir so clever vor, als ich heute aus der Tür geschlichen bin. Und dabei war ich einfach nur superdämlich.
»Ich muss telefonieren«, sagt Koschke. »Du wartest so lange hier.«
Er verschwindet im Nebenzimmer und macht die Tür hinter sich zu. Ich lausche, aber ich kann seine Stimme nicht hören. Es muss eine von diesen Schallschlucktüren sein, die wir bei uns in der Schule auch hatten. Mein Herz klopft wie bekloppt. Wenn er jetzt die Blauen anruft?
Koschke kommt so überraschend wieder ins Zimmer, dass ich es nicht mehr schaffe, ein unbeteiligtes Gesicht zu machen. Aber er tut so, als hätte er nichts bemerkt. Koschke sagt nichts. Vielleicht hat er noch gar nicht telefoniert. Er räumt ein paar Papiere in seine Tasche.
»Kannst froh sein, dass ich was vergessen habe. Ich wäre eigentlich nicht noch mal zurückgekommen. Aber jetzt muss ich los. Du kommst mit.«
»Man darf doch gar nicht mehr auf die Straße«, wende ich ein.

»Wir gehen ja nicht auf die Straße«, sagt Koschke knapp. Er lässt seine Aktentasche zuschnappen. »Los, komm. Bleib dicht hinter mir. Wir dürfen kein Licht anmachen. Und keinen Mucks.«

Er schiebt mich aus der Tür und schließt hinter uns ab. Weil ich mich nicht weiterbewege, nimmt er mich an der Hand wie ein kleines Kind. Ohne ein Wort zu sagen, geht er ins Treppenhaus.

Aber er geht nicht die Treppe runter.

Er geht die Treppe rauf.

Vielleicht wohnt er ja im selben Haus?

Wir gehen leise. Seine Hand ist warm, sein Griff fest, aber nicht grob. Eigentlich ist es sogar ganz schön, so an der Hand gehalten zu werden. Ohne diese Hand hätte ich viel mehr Angst im dunklen Treppenhaus.

Wir gehen höher, immer höher. Endlich macht Koschke eine Tür auf, die leise quietscht. Dahinter ist aber wieder nur eine Treppe, eine Holztreppe diesmal, die unter unseren Füßen knarrt.

Noch eine Tür, und plötzlich ist die Luft anders, frisch, bewegt und feucht. Ich brauche nur einen kleinen Moment, um zu begreifen, dass wir im Freien sind.

Koschke zieht an meiner Hand.

Aber ich stehe immer noch steif da und starre in den Himmel. Klar kenne ich die Sterne. Manchmal haben wir es geschafft, die Rollläden vor unseren Fenstern ein Stückchen hochzuziehen und hinauszusehen. Aber wir durften natürlich nie im Freien sein, wenn es dunkel war.

Koschke knipst seine kleine Taschenlampe wieder an. Wo ihr schmaler Strahl hinfällt, sehe ich Beton. Koschke hält seine Hand ein paar Mal vor die Lampe, mehrmals ganz kurz, mehrmals länger. Er gibt ein Lichtzeichen. So was machen Verbrecher.

»Wo sind wir denn?«, flüstere ich.

»Über der Stadt«, flüstert Koschke zurück. »Jetzt komm.«
Er knipst die Lampe aus und geht so zielsicher los, als könne er im Dunkeln sehen.
Ich dagegen kriege kaum einen Fuß vor den anderen. Ich habe mich noch nie durch so eine Dunkelheit bewegt. Ich werde die Angst nicht los, jeden Moment gegen eine dicke Mauer zu knallen.
Tief unter uns heult eine Polizeisirene. So tief unter uns! Jetzt ahne ich erst, wie hoch oben wir sind.
Dann höre ich etwas anderes. Es kommt nicht von unten. Wir nähern uns dem Geräusch. Als wäre da vorne ein Fernseher. Ein Fernseher, in dem ein lustiger alter Film läuft. So einer aus den Zeiten, in denen die Leute abends gefeiert haben, giftigen Alkohol getrunken und einander Witze erzählt.
Aber wer hat hier oben einen Fernseher?
»Achtung, Stufe!«, flüstert Koschke.
Gemurmel und Gelächter werden lauter, aber ich kann immer noch nichts sehen. Endlich bleibt Koschke stehen. Ich strecke die Hand aus und ertaste eine Stoffwand. Es muss so eine Art Zelt sein, aus dessen Innerem die Geräusche dringen. Koschke hält einen Zeltlappen hoch und schiebt mich untendurch.

Im ersten Moment bin ich völlig geblendet und der Lärm ist wie eine Wand. Ich taumle zurück gegen Koschke, der hinter mir hereingekommen ist. Erst als ich mich an die Helligkeit gewöhnt habe, erkenne ich die einzelnen Leute.
Es ist wirklich wie in einem alten Film. Die Leute sitzen an Tischen und trinken aus hohen Gläsern eine Flüssigkeit, die nicht wie Cola aussieht. Manche rauchen sogar. Das habe ich noch nie in Wirklichkeit gesehen. Beängstigend wirkt das, wenn ihnen Rauch aus Mund und Nase quillt. Komisch, es scheint sie gar nicht zu küm-

mern, dass sie sich gerade umbringen. Rauchen durfte früher jeder, hat Rika gesagt. Aber heute darf man so etwas natürlich nicht mehr.

Aus einigen Ecken klingt Gelächter, andere der Gäste scheinen sich ganz ernsthaft zu unterhalten. Und in der Ecke, und das ist das Stärkste, spielt einer Klavier. Ich habe noch nie ein echtes Klavier gesehen. Aber so was kennt man ja aus den alten Cowboyfilmen. Es ist, als hätten Alfred Koschke und ich einen Schritt in die Vergangenheit gemacht.

Koschke erklärt mir nichts. Er geht auf einen der Tische zu. Eine junge Frau mit kurzen dunklen Haaren sieht lächelnd zu ihm auf, als er ihr die Hand auf die Schulter legt. Sie dreht sich zu mir um und winkt mir zu.

Vielleicht sind wir wirklich mit einer Zeitmaschine geflogen. Ein Traum kann es jedenfalls nicht sein, denn als ich auf die Frau zugehe, atme ich aus Versehen eine ganz wirkliche blaue Rauchwolke ein und muss furchtbar husten. Ich kann nur hoffen, dass man von einer einzigen Wolke nicht gleich Krebs kriegt. Ich kann mich nicht mehr so genau daran erinnern, wie giftig Tabak ist.

»Setz dich«, sagt die Frau und zieht mich sanft auf einen Stuhl. »Alfred holt dir was zu trinken.«

Ich starre auf den Klavierspieler. Er lässt seine Hände über die Tasten gleiten wie über eine Computertastatur. Er muss gar nicht hinsehen.

Aber irgendwas an seiner Musik ist merkwürdig.

»Mecki spielt falsch, aber dafür mit umso mehr Begeisterung«, lacht die Frau.

Ach so. Ich habe natürlich noch nie falsche Musik gehört. Fehler können nur echte Musiker machen, und wo gibt es die schon? Bei *Genosan* jedenfalls nicht!

Eine Hand stellt ein Glas mit einer leuchtend gelben Flüssigkeit vor mich auf den Tisch. Ich sehe zuerst das Glas an, dann die Hand. Und dann schaue ich langsam den Arm entlang bis zur Schulter und zum Gesicht desjenigen, der mir das Glas hingestellt hat.
Und springe so schnell auf, dass das Glas umfällt und die gelbe Flüssigkeit sich wie ein Sturzbach quer über den runden Tisch ergießt.
»Konrad!«

4.

Koschke wischt den Boden auf. Lisa, seine Freundin, ist hinausgegangen, um sich die Saftflecken aus dem Rock zu waschen. Eine mürrische Bedienung sammelt mit spitzen Fingern die durchgeweichten Servietten ein. Es ist echt peinlich.
Konrad sitzt mir gegenüber und sagt nichts.
Ich sage auch nichts. Jetzt, wo er da ist, sage ich nichts.
Ich weiß nicht mal, ob ich mich richtig freue. Bin ich denn völlig verrückt geworden?
Er ist mir so fremd.
Ich habe ihn immer nur in seinem hellblauen K-Shirt gesehen. Jetzt trägt er ein dunkles Kapuzenshirt wie die meisten hier.
Fast verschämt mustere ich sein Gesicht.
Ehrlich gesagt, mir ist noch nie aufgefallen, wie hässlich Konrad ist. Es muss daran liegen, dass ich ständig mit Sofia und Robin zusammen bin. Ich sollte mal wieder öfter in den Spiegel sehen.
»Was schaust du denn so?«, fragt Konrad.
Ich kriege einen Schreck.
Konrad hat bestimmt auch fast nur vollkommene Menschen ge-

sehen, seit er in der Stadt lebt. Ihm geht es wahrscheinlich genauso wie mir. Er findet mich bestimmt abgrundtief hässlich.
»Du guckst ja selbst so komisch«, sage ich.
Tolles Gespräch nach der langen Trennung. Nachdem ich seit Wochen und Wochen an ihn gedacht habe.
Aber es stimmt. Er guckt komisch. Seine Augen sind anders. Ich habe sie dunkel und ruhig in Erinnerung. Jetzt flitzt Konrads Blick dauernd hin und her, als würde er ein Baller-Cybergame spielen. Ich warte darauf, dass sein Blick an mir hängen bleibt. Dann kann ich vielleicht was Vernünftiges sagen.
»Mecki kann überhaupt nicht Klavier spielen«, murmelt Konrad.
»Was?«
»Der Klavierspieler. Er spielt beschissen.«
»Ja. Klingt ganz merkwürdig.«
Alfred Koschke stellt mir ein neues Glas hin. Ich bedanke mich. Alfred setzt sich. Auch Lisa kommt zurück. Ihr Kleid ist ganz scheckig. Ich hoffe, es sind nur noch Wasserflecken.
»Na, dann habt ihr euch also doch noch gefunden«, sagt Lisa und lehnt sich zufrieden in ihrem Stuhl zurück.
Kann sein, dass ich rot werde. Konrads Blick flitzt immer noch hin und her.
»Nur zu deiner Information, Nora.« Alfred Koschke setzt sein Glas an den Mund und trinkt, bevor er weiterredet. »Wir sind hier im Untergrund. Nur dass unser Untergrund sich nicht unter der Stadt befindet, sondern *über* der Stadt. Hier ist wenigstens die Luft besser. Es ist sozusagen ein Übergrund.« Er lässt die Flüssigkeit in seinem Glas kreisen.
Ich mache wahrscheinlich kein besonders schlaues Gesicht, denn Alfred lacht und klopft Konrad auf die Schulter.
»Willst du ihr alles zeigen?«

Konrad nickt. Na, sein verlegenes Grinsen ist mir wenigstens vertraut. Alfred wendet sich wieder an mich.
»Ich hoffe, dir ist klar, was das bedeutet. Das hier ist ein geheimer Ort. Alles hier ist geheim. Du darfst niemals darüber reden.«
Ich nicke.
»Wenn sie einem die richtigen Pillen geben, sagt man alles«, murmelt Konrad.
»So weit darf es eben nicht kommen. Und jetzt raus mit euch.«
Ich trinke die gelbe Flüssigkeit aus. Im Vergleich zu Cola ist sie ziemlich sauer. Konrad zieht mich am Ärmel bis zur Tür. Er nimmt ein Kapuzenshirt von einem Stapel und hält es mir hin.«
»Mir ist nicht kalt«, protestiere ich.
»Zieh's einfach an«, sagt Konrad knapp, und ich gehorche.
Kaum fällt der Zelteingang hinter uns zu, sind die Lichter, die Menschen wie ein Traum verschwunden. Die Geräusche klingen wieder harmlos wie ein weit entfernter Fernseher.
»Schalldichte Zelte«, sagt Konrad. »Hier ist alles voll davon.«
»Du meinst, es sind noch mehr Leute hier?«
»Klar. Es gibt sogar eine Disco. Die mussten allerdings den Iso-Zeltstoff in fünf Lagen vernähen, damit der Krach nicht durchgeht! Außerdem sind die Zelte auch optisch getarnt. Man kann sie tagsüber vom Hubschrauber aus nicht erkennen. Die sind praktisch unsichtbar.«
»Und was machen die Leute hier oben?«
»Nichts Besonderes. Sie treffen sich abends über der Stadt, seit sie nicht mehr auf die Straße gehen dürfen.«
Er zieht mich an der Hand ein Stück weiter. »Da ist das Kino.«
Er schlägt wieder eine Klappe hoch.
Ich sehe die schwarzen Umrisse von Köpfen vor einer riesigen Leinwand. Auf der Leinwand wird gerade heftig geknutscht. In

Nahaufnahme. Konrad lässt die Klappe schnell wieder fallen. Einen Moment lang schweigen wir beide verlegen.

»Und wo wohnst du?«, frage ich dann. »Auch in einem Zelt?«

Konrad antwortet nicht. Er geht weiter, und ich muss dicht hinter ihm bleiben, damit ich ihn nicht verliere.

»Da vorne links ist der Schachclub. Hier spielen nur Menschen mit, keine Computer! Ein paar ältere Leute wussten nämlich noch, wie das geht. Rechts kommt das Eiscafé. Ich habe keine GeldCard dabei, sonst würde ich dich einladen. Hier gibt es eigentlich alles. Man könnte auch sagen, der Übergrund ist fast vollkommen.«

Er grinst.

Ich muss auch lachen.

Dann muss ich plötzlich an Sofia denken. Und dass es gemein ist, wenn ich mich hier mit Konrad amüsiere, während sie sich wahrscheinlich Sorgen macht. Ich meine, das könnte ja sein. Ich glaube, sie mag mich ganz gern. Sie hat nur ein bisschen Angst vor mir.

»Kannst du mir helfen, Sofia wiederzufinden?«, frage ich Konrad.

Konrad bleibt stehen. »Wen?«

Und dann muss ich ihm erst mal alles erzählen, was seit seiner Flucht passiert ist. Alles kann ich ihm gar nicht erzählen. Nur ein bisschen von allem. Damit er versteht, warum ich überhaupt hier bin.

»Und jetzt hast du mich gefunden«, sagt Konrad, als ich fertig bin. Es klingt sehr zufrieden.

Ich nicke.

»Und deine komische Sofia muss für ihren Sohn ein anderes Spielzeug kaufen.«

»Sie ist überhaupt nicht komisch.« Hat Konrad denn überhaupt nichts kapiert? »Sie ist ganz lieb zu mir.«

»Vergiss sie«, sagt Konrad. »Du kannst hier bleiben.«
Das wollte ich doch die ganze Zeit hören, oder? Warum sage ich nichts? Warum brennen meine Augen auf einmal so, als müsste ich gleich heulen?
Konrad steht jetzt ganz dicht vor mir. Die Nacht ist so pechschwarz, dass ich ihn trotzdem kaum sehe.
»Oder willst du bei deinem komischen Robin bleiben?«
»Der kann mich doch gar nicht leiden.«
»Vielleicht kannst du ihn ja leiden! Aber du darfst sowieso nicht wieder zurück. Alfred lässt dich bestimmt nicht gehen. Jetzt hast du hier ja alles gesehen.«
»Sofia sucht mich bestimmt.«
»Wieso soll sie dich suchen? Hast du ihr was geklaut?«
Nach dieser Frage sind wir erst mal beide ganz still. Weil wir wissen, dass wir jetzt über das andere Thema reden müssten. Wollen wir aber nicht. Wir wollen lieber weiter streiten.
»Die sucht mich«, flüstere ich noch mal.
»Und wie soll sie das machen? Hat sie dir vielleicht auch gleich einen Sender einpflanzen lassen?«
Die Frage ist spöttisch gemeint. Aber mir wird auf einmal ganz kalt. Der Sender!
»Was ist los?« Konrad stupst mich. Ihm wird offenbar unbehaglich. »Du, ich mein's nicht so. Ich fände es gut, wenn du hier bleiben würdest.«
»Der Sender«, flüstere ich. »Die haben mir den Sender von *Genosan* nicht rausgenommen.«
»Was?«
»Wenn Sofia bei *Genosan* anruft, können die mich hier finden. Die können meinen Sender orten.«
»Scheiße!«

Konrad weicht einen Schritt zurück, als hätte ich was Ansteckendes.
»Was ist überhaupt mit deinem Sender?«, frage ich. »Warum haben sie dich nicht gefunden?«
»Ich habe ihn nicht mehr drin.«
»Und wie bist du abgehauen? Da hattest du ihn doch noch.«
»Man kann ihn blockieren. Alfred weiß, wie.«
»Dann können wir meinen doch auch blockieren.«
Konrad schüttelt den Kopf.
»Ist schon zu spät. Die sind vielleicht schon unterwegs. Wir müssen es Alfred sagen. Du musst ganz schnell hier weg.« Er geht einfach los. Er geht nicht, er rennt fast. Ich stolpere hinter ihm her. In meinem Kopf braust es.
Ich hätte das Zelt natürlich im Leben nicht wiedergefunden. Zum Glück hat Konrad so eine gute Orientierung. Ich hatte den Weg viel weiter in Erinnerung. Aber nach kurzer Zeit hält Konrad schon wieder an und hebt eine Zeltklappe hoch.
»Du wartest hier!«, sagt er streng zu mir, als wir ins Helle geschlüpft sind. Dabei sieht er mir nicht in die Augen.
Ich bin auf einmal so müde. Ich möchte mich am liebsten mitten im Stimmengewirr unter die funkelnden Lichter legen und einschlafen. Bestimmt ist alles besser, wenn die Nacht vorbei ist.
Aber da steht schon Alfred Koschke vor mir. Auf seiner Stirn hat sich wieder die steile Falte gebildet, wie ein Ausrufezeichen. Er sieht aus wie heute Mittag, als ich zum ersten Mal an seiner Tür geklingelt habe. Ist das wirklich immer noch ein und derselbe Tag?
»Du musst nach Hause«, sagt er knapp und klappt seine Kapuze hoch.
»Und was ist mit Konrad?«
»Du kannst auf keinen Fall hier bleiben. Wenn sie dich hier geor-

tet haben, dann fliegt alles auf. Schwör mir, dass du nichts vom Übergrund erzählst.«

Ich nicke.

»Schwöre! Laut!«

»Ich schwöre.«

Alfred nickt. Er klappt auch meine Kapuze hoch.

»Los geht's.«

Ich sehe Konrad an.

Konrad sieht zu Boden.

»Konrad kann dich nicht begleiten«, sagt Alfred gereizt. »Der muss sich jetzt erst mal verstecken. Für den Fall, dass sie doch noch kommen.«

Ich sehe Konrad an.

Endlich sieht er wieder auf.

»Ich komm dann mal bei dir vorbei«, murmelt er.

»Du weißt doch gar nicht, wo ich wohne«, sage ich wütend. »Ich weiß es ja nicht mal selber.«

»Auf der DVD ist die Adresse von deiner Sofia bestimmt drauf. Wenn wir die Datei erst mal geknackt haben, finde ich dich.«

Na klasse. Das kann vermutlich Monate dauern. Ich zucke mit den Achseln. Konrad soll bloß nicht sehen, dass mir zum Heulen ist.

5.

Wieder stolpern wir über eine dunkle Treppe. Diesmal gehen wir abwärts. Ich darf nicht sprechen. Das hat Alfred zwar nicht ausdrücklich gesagt, aber es versteht sich von selbst.

Mann, ich bin vielleicht müde. Ich kann mich kaum auf den Beinen halten. Wenn wir wenigstens das Licht anknipsen könnten! Kann man eigentlich beim Gehen einschlafen? Vielleicht finde

ich Sofias Wohnung im Schlaf wieder. Im Schlaf weiß man manchmal Dinge, die man nicht weiß, wenn man wach ist.
Endlich hält Alfred an. Er schält mich aus dem Kapuzenshirt. Es wird kalt.
»Du stehst direkt vor einer Tür«, flüstert er. »Dahinter kommt gleich die Straße. Wenn du nach rechts gehst, stößt du auf einen Wachposten. Dem erzählst du, dass du dich verlaufen hast. Er wird dafür sorgen, dass du nach Hause kommst.«
Er gibt mir einen sanften Klaps auf die Schulter. Oder schiebt er mich vorwärts? Ich kann sein Gesicht nicht sehen.
»Wir verlassen uns alle auf dich«, flüstert er noch.
Dann stehe ich allein und verlassen auf der Straße.
Vielleicht knipst Sofia gleich das Licht an und alles ist vorbei. Oder sogar Rika. Vielleicht habe ich auch Sofia nur geträumt.
Ich schleiche durch die leere Straße. Da vorne flackert das Blaulicht.
»Halt! Wer ist da?«
Ein Scheinwerfer schwenkt herüber und blendet mich so heftig, dass ich nichts mehr sehen kann. Ich halte meinen Unterarm vor die Augen. Energische Schritte nähern sich. Eine Hand zieht meinen Arm weg.
»Na so was! Was machst du denn um diese Zeit auf der Straße?«
Die Männerstimme klingt überrascht, aber nicht unfreundlich.
»Hast du dich verlaufen?«
Ich nicke.
Der Wachposten führt mich zu seinem Auto. Er macht die Tür auf und schiebt mich auf den Sitz. Er will wissen, wo ich wohne. Ich sage ihm Sofias Namen und die Straße. Er steigt aus, zieht sein Handy aus der Tasche und telefoniert. Ich kann nicht verstehen, was er sagt, weil er vor dem Auto auf und ab geht.

Endlich steckt er sein Telefon wieder ein. Er setzt sich auf den Vordersitz und dreht sich zu mir um.
»Ich bring dich zum Headquarter«, sagt er. »Keine Angst, wir finden deine Mutter wieder.«
Meine Mutter! Ich bin zu müde, um zu widersprechen. Vielleicht will ich auch gar nicht widersprechen. Ich will in diesem Moment so gerne eine Mutter haben, die sich Sorgen um mich macht. Wie bei richtigen Kindern im Fernsehen.
Der Posten reicht mir eine Dose Phosphorcola.
Das Auto summt leise. Ich nehme einen Schluck Cola – manchmal kann man eine Ausnahme machen – und lehne mich zurück.
Ich weiß nicht, wie lange wir fahren, denn ich bin sofort eingeschlafen.
Ich werde erst wieder wach, als mich jemand an der Schulter packt und ein bisschen schüttelt.
»Steig aus«, sagt der Posten. »Wir sind da.«
Ich spähe aus dem Autofenster. Es ist taghell. Aber es ist immer noch Nacht. Die Helligkeit erzeugen die vielen riesigen Scheinwerfer.
»Wir gehen rein«, sagt der Posten. »Frau Reutter ist schon informiert. Sie kommt her und holt dich ab.«
Er sagt nicht mehr »deine Mutter«.
Verschlafen krabble ich vom Rücksitz. Ich kann im blendenden Licht fast nichts sehen. Mein Posten und die anderen Uniformierten, die auf dem Platz rumstehen, tragen Sonnenbrillen. Mitten in der Nacht.
Im Inneren des Gebäudes ist es vergleichsweise dunkel. Mein Posten setzt die Brille ab. Er schiebt mich durch einen langen Flur, öffnet dann eine Zimmertür.
»Setz dich da rein«, sagt er. »Ich komme gleich.«

Vor einem breiten Schreibtisch mit Elefantenfüßen steht ein knarzender Holzstuhl. Hinter dem Schreibtisch macht sich ein Ledersessel breit. Auf dem könnte ich ohne Probleme sofort weiterschlafen. Aber ich setze mich auf den unbequemen Holzstuhl und lausche. Irgendwo klingelt ein Handy. Schritte nähern sich im Flur, zögern, entfernen sich wieder. Es war nicht Sofia. Dann ist es eine Weile still. Wenn ich einschlafe, falle ich vom Stuhl. Auch nicht schlimm – das Zimmer hat Gummiboden.
Endlich wieder Schritte. Ich setze mich so gerade hin, wie ich es in meinem tranigen Zustand noch schaffe. Die Tür geht auf.
»Nora!«
Und schon drückt mich Sofia so heftig an sich, dass der Stuhl unter meinem Hintern wieder bedenklich knarzt und wackelt. Sofia lässt mich schnell los, geht vor mir in die Hocke, sieht mir in die Augen.
»Wo warst du bloß? Wir haben uns solche Sorgen um dich gemacht.«
»Ich wollte mir die Stadt ansehen«, murmle ich. »Und dann habe ich den Rückweg nicht mehr gefunden.«
»Ich hätte ab und zu mit dir rausgehen sollen.« Sofia streicht mir über die Haare. »Kein Wunder, wenn du dich eingesperrt fühlst. Sobald Robin ein bisschen kräftiger ist, zeige ich dir alles. Ich verspreche es dir. Und in der Schule melde ich dich auch endlich an. Dann findest du bald neue Freunde.«
Sie nimmt meine Hand. Ich rutsche vom Stuhl. Sofia hängt mir ihre Jacke um die Schultern.
»Vielen Dank«, sagt sie zu meinem Posten, der hinter ihr hereingekommen ist. »Ich war schon halb verrückt vor Angst.«
Das sagen die Leute im Fernsehen auch immer. Sofia strahlt. Sie schüttelt dem Posten die Hand. Der brummelt irgendwas. Sofia

unterschreibt einen Zettel. Sie schiebt mich aus der Tür, durch den Flur zum Eingang.
Da knallt die Glastür gerade auf und zwei Blaue stürmen herein. Mir wird so eisig kalt vor Schreck, dass ich mich automatisch an Sofia drücke.
Die Blauen schießen direkt auf uns los.
»Das ist sie doch, oder?«, fragt der eine Blaue, ohne zu grüßen. Er starrt mir in die Augen. »Wo warst du? Raus damit!«
»Sie ist ja wieder da.« Sofias Stimme zittert ein bisschen. »Es hat sich alles erledigt. Vielen Dank für Ihre Hilfe.«
Aber der Blaue beachtet sie gar nicht. Sein Blick nimmt mich in eine eiskalte Zange.
»Du wirst uns jetzt erst mal erzählen, wo du warst. Mit wem du dich getroffen hast.«
»Sie wollte sich die Stadt ansehen.« Sofia schüttelt ungeduldig den Kopf. »Mit wem soll sie sich getroffen haben? Sie kennt doch niemanden hier. Und jetzt ist sie total erschöpft, das sehen Sie doch. Sie muss unbedingt ins Bett.«
Der andere Blaue mustert Sofia, ohne eine Miene zu verziehen.
»Moment, Moment. So einfach ist das nicht. Nora könnte äußerst wichtige Informationen für uns haben.«
»So ein Unsinn!« Sofia wird allmählich ärgerlich. »Jetzt lassen Sie uns bitte vorbei.«
»Wir erfahren sowieso, was du weißt«, sagt der erste Blaue zu mir. »Du kennst ja unsere Spezialbonbons, nicht wahr. Vielleicht erzählst du lieber gleich alles, dann müssen wir sie gar nicht auspacken.«
Selbst wenn ich wollte, ich könnte nichts sagen. Mir ist einfach nur schlecht.
»Sie lassen uns jetzt sofort in Ruhe!« Sofia nimmt mich an der

Hand und zieht mich in Richtung Glastür. »Sie haben nicht das Recht, sie hier festzuhalten. Ich nehme sie jetzt sofort mit. Immerhin bin ich ihre Mutter. Ich habe das Sorgerecht.«

Die Blauen zögern. »Wir haben durchaus auch das Recht«, sagt der eine lahm, aber er rührt sich nicht, als Sofia die Glastür aufstemmt und mich ins Freie zerrt.

Am liebsten würde ich gleich losrennen, aber das wäre zu verdächtig. Also versuche ich, ruhig neben Sofia herzugehen, bis wir vor ihrem silbergrauen Auto stehen.

»Tut mir Leid, Nora«, sagt Sofia, als sie den Motor anlässt. »Ich habe bei denen angerufen. Ich dachte, du bist vielleicht dort. Sie haben gesagt, sie können dich über den Sender jederzeit finden. Ich habe mir nichts dabei gedacht.«

Ich nicke nur. Wir fahren los. Sofia sieht mich ein paar Mal von der Seite an, als versuche sie, meine Gedanken zu lesen.

»Robin hat sich große Vorwürfe gemacht«, sagt sie. »Er hat gesagt, er war nicht besonders nett zu dir. Der wird froh sein, wenn du wieder da bist.«

Ich antworte nicht.

Ich kämpfe schon die ganze Zeit mit einer ganz anderen Frage.

Erst als wir in der Tiefgarage angekommen sind und Sofia schon ausgestiegen ist und sich zu mir runterbeugt, um zu sehen, wo ich bleibe, schaffe ich es, diese Frage zu stellen.

»Wieso hast du denen gesagt, du bist meine Mutter?«

Sofia zuckt mit den Schultern. »Irgendwas musste ich ja sagen.«

Das ist alles.

Und obwohl ich so müde bin, dass ich meine Füße schon nicht mehr spüre, musste ich das noch schnell als Flaschenpost loswerden. Vielleicht kann sich da draußen irgendjemand einen Reim auf das Ganze machen. Ich nicht. Ich schlafe gleich ein.

6.

»Klar ist sie deine Mutter«, sagt Robin, als wäre das die normalste Sache der Welt. »Hast du das wirklich nicht gewusst?«
Robin sieht besser aus. Er sitzt in seinem bildschirmblauen Bademantel auf dem Bett. Sein Gesicht hat eine fast normale Farbe. Er hat seinen Teller leer gegessen und sagt, ihm ist noch gar nicht übel.
Robin benimmt sich wirklich anders. Man könnte echt glauben, dass er ein schlechtes Gewissen hat. Vielleicht hat er gedacht, mir passiert was Schlimmes und er ist schuld. Er hat vielleicht gedacht, ich bin abgehauen, weil er so blöd zu mir war. Und das, obwohl ich ihm das Leben gerettet habe. Nicht dass ich ihn jetzt daran erinnern würde. An so was muss man niemanden erinnern.
»Hör doch auf mit dem Quatsch«, sage ich jetzt wütend. Wenn es Robin mal gerade nicht übel ist, darf man auch schon ein bisschen grober zu ihm sein.
Robin kaut auf seiner Unterlippe. Er guckt mich nachdenklich an. Eigentlich sieht er nicht so aus, als wollte er mich veräppeln.
»Ich bin dein Bruder«, sagt er. »So ist das nämlich. Und wenn du es nicht glaubst, kannst du ja unsere Mutter fragen.«
»Ich habe keine Mutter!«, sage ich wütend. »Die haben mich im Labor gemacht. *Genosan* ist Mutter und Vater für mich. Ich weiß genau, wie das geht. Ich habe es selber schon gesehen.«
Das stimmt nicht ganz. Aber wir haben so ausführlich gelernt, wie man CX4s im Labor herstellt, dass es fast das Gleiche ist.
»Vergiss es«, sagt Robin. Er mustert seine vorstehenden Kniescheiben. Robin ist echt klapperdünn.
»Und was glaubst du, warum dein Knochenmark so gut zu mir gepasst hat? Weil wir nämlich Geschwister sind. Wir haben dieselbe Mutter.«

»Vielleicht sind wir ja beide aus demselben Labor«, sage ich. »Hast du daran schon mal gedacht?«
Robin macht die Augen zu. »Nein, habe ich nicht«, sagt er. »Aber ich hab doch Mamas Filme. Da ist Mama drauf, als sie schwanger ist, und dann später mit mir, da bin ich noch ein ganz kleines Baby. Kannst du dir ja ansehen.«
Als ob ich mir das reinziehen müsste! Süßer kleiner Robin bei Mama Sofia! Das fehlte noch.
»Und woher willst du das von mir wissen?« Meine Stimme ist ein bisschen zittrig, leider. »Dass ich deine Schwester bin, meine ich.«
»Weil Mama es den Ärzten gesagt hat, darum«, sagt Robin. »Die haben immer gedacht, ich schlafe. Aber ich habe gar nicht geschlafen. Ich habe zugehört. Mama hat gesagt, ich habe eine Schwester. Und die Ärzte haben gesagt, dass die mir vielleicht helfen kann.«
Ich halte nach der gelb-rosa karierten Maus Ausschau. Sie kann manchmal ein Trost sein, weil sie so hässlich und so albern ist. Aber ich kann sie nirgends entdecken.
»Warum warst du dann die ganze Zeit so ekelhaft zu mir?«, frage ich nach einer Weile. »Wo du doch gewusst hast, dass ich deine Schwester bin.«
Robin zuckt mit den Achseln.
»Weiß nicht. Ich hab gedacht, Mama will jetzt lieber dich haben, weil ich nicht mehr richtig bin. Ich bin ja krank.«
Im Ernst. Das sagt er. Also, das muss ich erst mal in mich reinsinken lassen.
Ich bin gesund. Ich sehe zwar aus wie eine Mischung aus Werwolf und Seekuh – na ja, das ist ein bisschen übertrieben –, aber ich bin gesund.
Robin hat ernsthaft gedacht, ich bin richtiger als er.

»Und was ist mit deinem Vater?«, frage ich nach einer Weile.
Robin boxt in seine Bettdecke. Nicht besonders heftig. Ich habe überhaupt noch nicht gesehen, dass er sich heftig bewegt. Entweder er ist ein ganz sanfter Typ oder er ist einfach noch zu schwach.
»Vater habe ich auch keinen.«
»Wer eine Mutter hat, muss auch einen Vater haben.«
»Ja, schon.« Robin zieht den Bademantel enger um sich. »Aber den kenne ich nicht. Ich glaube, Mama kennt den auch nicht. Den haben sie irgendwie dazugemischt.«
»Im Labor?«
Robin zuckt mit den Achseln.
»Siehst du!« Ich schmeiße ihm die Maus aufs Bett. »Du kommst eben doch aus dem Labor.«
»Gar nicht wahr!«, schreit Robin.
»Doch wahr!«, schreie ich zurück.
»Nein!«
»Doch!«
»Was ist denn hier los?« Sofia steht plötzlich mitten im Zimmer, die Hände in die Hüften gestemmt.
Robins Gesicht ist auf einmal wieder himmelgrau. Manchmal geht das ganz schnell. Da wird ihm von einem Moment auf den anderen kotzübel. Es könnte natürlich auch sein, dass er ein guter Schauspieler ist.
»Mir ist schlecht, Mama!«, flüstert er.
Sofias Augen blitzen immer noch.
»Und warum schreit ihr euch dann an? Glaubt ihr, dass es davon besser wird?«
Ich schüttle den Kopf. Robin hält sich die Hand vor den Mund, als müsse er sich gleich übergeben. Sofias Gesicht verwandelt sich

sofort. Sie setzt sich neben Robin und streicht ihm über die Haare.

»Leg dich hin, mein Hase«, sagt sie. »Und streite nicht dauernd mit Nora. Oder möchtest du, dass sie uns wieder davonläuft?«

Robin schüttelt den Kopf und lacht mich an.

Ich mustere ihn misstrauisch. Vielleicht ist er tatsächlich ein sehr guter Schauspieler. Aber vielleicht war es ihm doch ein wenig unheimlich, dass ich einfach verschwunden bin. Kann schon sein, dass er ein schlechtes Gewissen hatte. Gut so. Aber eigentlich rumort in mir etwas ganz anderes.

Ich muss mir Mühe geben, Sofia nicht dauernd anzustarren. Ich finde, sie sieht mir kein bisschen ähnlich. Also wirklich, kein bisschen. Und Robin sieht mir auch nicht ähnlich. Die beiden sind einfach vollkommen. Bei denen stimmt alles. Außer dass Robin krank ist, natürlich.

»Warum schaust du mich so an?«, fragt Sofia.

Ich wende schnell den Blick ab.

Sofia steht auf.

»Am besten lassen wir Robin schlafen«, sagt sie. »Komm mit rüber. Wir stecken uns ein Fitwich in die Mikrowelle. Möchtest du Weizenkeim oder Algen?«

»Weizenkeim«, sage ich. Obwohl ich keinen Hunger habe.

Robin lehnt sich zurück und schließt die Augen. Ich wette, er würde gerne mit rüberkommen. Aber nun muss er seine Rolle weiterspielen.

Sofia nimmt zwei Vakuumverpackungen aus dem Freezer, schält die Fitwiches raus und legt sie in die Mikrowelle. Eine Weile sehen wir stumm den Bewegungen der Drehscheibe hinter der Glastür zu. Endlich gebe ich mir einen Ruck. Ich muss einfach.

»Bist du meine Mutter?«

»Ja«, sagt Sofia.
So selbstverständlich sagt sie das, als hätte ich gefragt, ob ich nicht doch lieber das Algen-Fitwich haben könnte oder eine Cola oder so was.
»Setz dich«, sagt Sofia.
Die Mikrowelle summt leise. Der Freezer summt mit. Ganz entfernt hinter den Schallschutzscheiben brummt ein Flugzeug. Mir brummt der Kopf. Sonst ist es ganz still.
»Ich muss dir eine Geschichte erzählen«, sagt Sofia.

7.

Die Geschichte handelt von einer jungen Frau.
Sie heißt (wer hätte das gedacht) Sofia.
Sofia möchte unbedingt ein Baby haben.
Es soll auf jeden Fall ein makelloses Baby sein. Wunderschön wie seine Mami oder, wenn's geht, noch schöner. Außerdem natürlich gesund, klug, begabt und so weiter.
Sofia hat dummerweise noch keinen Mann gefunden, der Vater eines so makellosen Kindes werden könnte.
Da erzählt ihr eine Freundin von der Firma *Genosan*. Die von *Genosan* können dafür sorgen, dass man genau das richtige Kind bekommt, das Kind, das man sich wünscht. Die Freundin hat ihre drei Kinder alle bei *Genosan* bestellt. Sie ist Hoteldirektorin und kann es sich leisten. *Genosan* ist nämlich nicht billig.
Die drei Kinder sind alle vollkommen. Der älteste Sohn spielt Klavier wie ein junger Gott, und wenn es in letzter Zeit nicht schon so viele Kinder gegeben hätte, die wie junge Götter Klavier spielen, wäre er wahrscheinlich weltberühmt.
Mit der Tochter verdient die Freundin dagegen wirklich schon viel

Geld. Die ist so blendend schön, dass sie sich vor Werbeaufträgen gar nicht retten kann. Als Baby hat sie schon Werbung für Windeln gemacht. Und für *Genosan*. Als sie größer war, hat sie Werbung für Spielsachen, Klamotten und Handys gemacht. Und für *Genosan*. Das geht bestimmt einfach so weiter.

Und der jüngste Sohn programmiert schon sämtliche Computer im Kindergarten um.

»Und was ist, wenn doch etwas schief geht?«, fragt Sofia. »Wenn das Kind dann doch nicht so ist, wie es im Vertrag steht?«

»Kein Problem!« Die Freundin lacht. »*Genosan* gibt ja auch Garantie. Wenn mit dem Kind etwas nicht stimmt, kannst du es direkt nach der Geburt ablehnen. Dann bekommst du ein neues. Aber an so etwas solltest du gar nicht denken. Ich habe noch nie gehört, dass dieser Fall wirklich eingetreten ist.«

Sofia lässt sich überzeugen. Sie geht zum nächsten *Genosan*-Berater. Dort muss sie einen Fragebogen ausfüllen, damit die Blauen genau wissen, was für ein Kind sich Sofia wünscht. Auf jeden Fall soll es ein Mädchen sein.

Es ist sehr schwierig, sich ein vollkommenes Kind zusammenzustellen. Es gibt Kataloge für Nasen, Augen, Haare. Es gibt einen Fragebogen, auf dem man gewünschte Begabungen ankreuzen kann. Die kosten allerdings extra, sodass sich Leute wie Sofia nicht allzu viele davon leisten können. Sofia schwankt zwischen »naturwissenschaftliche Begabung« und »künstlerische Begabung«. Einerseits wäre es ja ganz schön, wenn ihr Kind bald selbst Geld verdienen könnte. Aber Sofia stellt sich vor, dass es ihr mehr Spaß machen würde, mit einem künstlerisch begabten Kind zu spielen. Über Physik könnte sich Sofia mit ihrem Kind ja gar nicht unterhalten. Außerdem ist die künstlerische Begabung gerade im Sonderangebot.

Es dauert ziemlich lange, bis das Kind vollkommen durchgeplant ist.
Dann wird im Labor alles mit den besten Eigenschaften von Sofia zusammengemischt. Im Reagenzglas wächst ein winzig kleiner Embryo, und den bekommt Sofia dann eingesetzt. Von da an läuft alles wie früher bei der altmodischen Befruchtung. Sofia ist neun Monate lang schwanger. Dann wird das Kind durch einen Kaiserschnitt geholt.
Als Sofia ihr Kind zum ersten Mal sieht, ist sie total geschockt.
Das Kind sieht nicht aus wie in der Windelreklame.
Es sieht aus wie ein Alien.
Es hat eine Hasenscharte, ein ganz schmales, langes Gesicht und einen viel zu großen Hinterkopf. Es hat an jeder Hand sechs Finger und an jedem Fuß sechs Zehen. Es hat eine ganz flache Nase. Und es hat rote Augen.
Der *Genosan*-Agent, der bei der Geburt dabei war, zuckt mit den Achseln.
»Das könnte man ja notfalls alles noch in Ordnung bringen«, meint er. »Aber ich glaube im Namen meiner Firma sagen zu können, dass hier der Garantiefall eintritt. Sie können das Kind natürlich ablehnen.«
»Was passiert dann mit ihm?« Sofia betrachtet angewidert den rotfleckigen Körper, den zum Schreien aufgerissenen Mund.
»*Genosan* adoptiert alle diese Kinder und bietet ihnen in ihren Heimen eine liebevolle Erziehung und eine zukunftsorientierte Ausbildung«, leiert der Blaue. »Und wenn es geht, werden sie an kinderlose Familien im Ausland weitervermittelt. Sie wissen schon, an Familien, die sich sonst kein Kind von uns leisten können.« Sofia schließt die Augen. Im Geist sieht sie ihr Baby vor sich, das sie sich so gewünscht hat. Es hat glatte, rosige Haut, einen

Kirschmund und ein kleines Stupsnäschen. Es hat strahlende blaue Augen. Es lächelt. Auf keinen Fall ist es das kleine, hässliche Monster, das vor Sofia im Bettchen liegt.

»Ich möchte das nicht haben«, sagt Sofia. Als sie unterschreibt, zittert ihre Hand kein bisschen.

Ein Jahr später bekommt Sofia einen Jungen. Er ist wunderhübsch. Er hat glatte, rosige Haut, einen Kirschmund, ein perfektes Stupsnäschen. Sie nennt ihn Robin. Sofia ist glücklich.

Aber Sofia ist nicht lange glücklich.

Etwas Merkwürdiges passiert.

Wenn sie mit Robin schmust, denkt sie an ihr hässliches kleines Mädchen.

Wenn Robin sie anlächelt, fragt sie sich, wen ihre Tochter wohl anlacht? Ob sie überhaupt was zu lachen hat? Ob sie ihr die Hasenscharte wegoperiert haben?

Als Robin krabbeln kann, fragt sich Sofia, ob ihre Tochter wohl schon spricht.

Es lässt ihr keine Ruhe. Sie versucht herauszufinden, wo ihre Tochter lebt. Aber die *Genosan*-Agentur gibt keine Informationen heraus.

»Sie haben den Vertrag unterschrieben«, sagt der *Genosan*-Berater nur. »Sie haben Ihr Kind bekommen. Sie haben keinerlei Ansprüche an *Genosan*.« Er lächelt. »Aber seien Sie sicher, dem Mädchen geht es gut. Es ist für alle Beteiligten das Beste, wenn Sie Ihre Suche nach ihr einstellen.«

Sofia hat ihren Vertrag wieder und wieder durchgelesen. Dann hat sie ihn in kleine Fetzen gerissen und versucht, ihre Tochter zu vergessen. Das hat sie auch ein paar Jahre lang ganz gut hingekriegt. (Sofia wird immerhin ein bisschen rot, als sie mir das erzählt.)

Aber dann ist Robin krank geworden.
»Wir brauchen einen Knochenmarkspender«, haben die Ärzte gesagt. »Nur enge Verwandte können da helfen.«
Sofia hat sich testen lassen, aber ihr eigenes Knochenmark hat nicht gepasst.
»Hat der Junge keine Geschwister?«, haben die Ärzte gefragt.
»Doch«, hat Sofia gesagt. »Er hat eine Halbschwester.«
Und dann, sagt Sofia, ging nur noch alles drunter und drüber. Die von *Genosan* wollten mich zuerst nicht rausrücken. Aber Sofia hat sich einen Anwalt genommen. Und da haben die von *Genosan* ganz schnell nachgegeben. Begeistert waren sie nicht. Sie haben gesagt, sie wollen in ihrer eigenen Klinik operieren. Damit war Sofia einverstanden. *Genosan* gehören sowieso fast alle Krankenhäuser.
Aber richtig wütend sind sie erst geworden, als Sofia mich dann später ganz von *Genosan* wegholen wollte. Die Blauen haben gesagt, meine Erziehung und Ausbildung hat viel Geld gekostet. Sofia hat ihnen Geld angeboten. Sie hat alle ihre Ersparnisse ausgegeben, ihre Aktien verkauft und bei Freunden gepumpt. Da waren die von *Genosan* nur noch ein bisschen wütend.
Sofia musste schwören, dass sie alles, was sie über die Schule weiß, geheim hält. Ich weiß nicht, warum die Blauen so ein Geheimnis um die Schule und ihre Labors machen. Immerhin kümmern sie sich doch um Kinder, die sonst keiner haben will. Sie tun so viel Gutes. Bis sie es hinkriegen, dass die Schöpfung vollkommen ist, dauert es eben noch ein bisschen.

»Ich war so durcheinander«, sagt Sofia. »Es war eine Möglichkeit, Robin zu retten. Und es war eine Möglichkeit, dich zu finden. Beide Kinder oder keines. Und gleichzeitig habe ich mich so geschämt. Vor den Ärzten und vor Robin und vor dir. Ich hatte richtig Angst vor dir. Und dann haben sie gesagt, dass ich dich gar nicht treffen darf. Dass du nicht erfahren darfst, wer wir sind, Robin und ich. Das war ihre Bedingung.«

»Du wolltest gar nicht mit mir reden«, sage ich. »Im Krankenhaus warst du total sauer, weil ich dir aufgelauert habe.«

Sofia senkt den Kopf.

»Ich habe Angst vor dir gehabt«, wiederholt sie.

»Ich sehe überhaupt nicht mehr so schlimm aus«, sage ich trotzig. »Die Hasenscharte haben sie wegoperiert. Und die überflüssigen Finger und Zehen auch.«

Sofia nickt. Sie sieht mich nicht an. Sie tut so, als würde sie sich für die Fitwiches in der Mikrowelle interessieren, die sich längst ausgeschaltet hat.

Ich sehe meine Hände an. Die sehen immer noch ein bisschen komisch aus. Wenn man es weiß, kann man erkennen, wo früher die anderen Finger und Zehen waren. Ich habe immer gedacht, meine Hände haben einfach nur eine komische Form.

Und dann fällt mir Liose ein.

Liose mit den drei Beinen und den sieben Zehen.

Fast so wie ich.

Aber ich bin doch kein CX4!

Von der Hasenscharte habe ich gewusst. Die haben sie nicht besonders sorgfältig vernäht. Man sieht die Narbe noch gut.

Sofia dreht sich um. Jetzt schaut sie mich an. Gut, dass man meine roten Augen nicht sieht. Schon bei *Genosan* durfte ich immer farbige Kontaktlinsen tragen. Eine Zeit lang habe ich alle möglichen

Farben durchprobiert. Blau und Braun und Grün und Gelb und sogar Weiß. Das sah aus! Nelly, Tim und ich haben uns kaputtgelacht. Aber seit einiger Zeit nehme ich immer die blauen. Das passt am besten zu mir.
Sofia breitet die Arme ein bisschen aus, als wollte sie mich an sich drücken, aber sie traut sich nicht und lässt die Arme wieder sinken.
»Es tut mir wahnsinnig Leid, Nora«, sagt sie. »Ich weiß, das klingt jetzt blöd. Du hast nichts davon. Ich war jung. Ich war so dumm.« Sie seufzt. »Man muss nicht dumm sein, wenn man jung ist. Ich glaube, du wärst jetzt schon klüger. Du bist ganz anders. Aber ich war eben dumm. Ich habe meinen Fehler später bitter bereut. Und jetzt bin ich so froh, dass wir alle zusammen sind.«
»Warum hast du mir das alles nicht gleich erzählt? Dass du meine Mutter bist.«
Sofia lässt sich auf einen Küchenstuhl sinken. Sie gießt ein Glas Cola ein, trinkt es aber nicht, sondern rührt mit einem Teelöffel die Bläschen raus.
»Die Blauen wollten das nicht so gerne. Sie haben Angst, dass die anderen Kinder erfahren, dass sie richtige Mütter haben. Und dass die Mütter erfahren, wo ihre Kinder sind.« Sie überlegt. »Ich glaube, sie wollen gar nicht, dass ihre Schule bekannt wird. Dass die Leute erfahren, wie viele von euch es gibt. Sie würden sich das Geschäft verderben. Sie behaupten ja immer noch, die Kinder aus ihren Labors sind vollkommen.« Sie legt den Löffel weg. »Und außerdem hatte ja ich Angst vor dir.«
»Wieso Angst vor mir?«
Als ich das frage, sehe ich Sofia im Krankenhaus vor mir. Die Mutter aus dem Bild mit dem goldenen Hund. Die Frau, die um Hilfe gerufen hat, weil ich ihr zu nahe gekommen bin.
»Man könnte vielleicht auch sagen, ich hatte Angst davor, mir

einzugestehen, dass ich mein eigenes Kind weggegeben habe.«
Sofia holt einen Teelöffel Cola aus dem Glas und lässt die braune Flüssigkeit langsam zurück ins Glas tropfen. Dann steht sie mit einem Ruck auf.
»Die Fitwiches werden kalt.« Sie holt zwei Teller aus der Spülmaschine, klappt die Mikrowelle auf und legt auf jeden Teller ein Fitwich. Sie stellt mir den Teller mit dem Weizenkeim-Fitwich hin.
Ich habe keinen Hunger mehr. Ich wette, heute ist mal ausnahmsweise mir heftiger übel als Robin.
Es klingelt an der Tür.
»Hab ich noch irgendwas bestellt?«, fragt Sofia.
Als würde ich das wissen.
Sie zögert einen Moment, aber es klingelt noch einmal stürmisch.
Sofia steht auf und nimmt den Hörer der Sprechanlage ab. »Ja?«
Sie lauscht einen Moment lang, sieht mich verwirrt an. Dann legt sie die Hand auf die Muschel.
»Vor der Tür steht ein Junge, der dich besuchen möchte. Er heißt Konrad.«
Und wieder mal springe ich so schnell auf, dass ein Glas umfällt. Diesmal ist es wenigstens nur Cola.
»Lass ihn rein!« Ich schreie es fast.
Ich renne zur Wohnungstür, reiße sie auf und falle Konrad in die Arme. Sein Kapuzenshirt kratzt an meinem Gesicht. Konrad bleibt einfach starr stehen, bis ich ihn wieder loslasse. Ich sehe ängstlich zu ihm hoch. Aber er grinst von einem Ohr zum anderen. Ich ziehe ihn an der Hand in die Wohnung. Sofia steht in der Küchentür. Sie kann ihre Neugier kaum verbergen. Hinter ihr drängelt Robin. Er hat ein total rosiges Gesicht. Von Übelkeit keine Spur.
»Das ist Konrad«, sage ich.

Konrad gibt Sofia die Hand. Er nickt Robin zu. Robin nickt zurück. Er mustert Konrad. Einen kleinen Moment lang sehe ich Konrad wieder so, wie Robin ihn wahrscheinlich sieht. Konrad ist unglaublich hässlich. Robin findet Konrad sicher total widerlich.
»Komm rein«, sagt Sofia. »Wir wollten gerade was essen.«
Konrad geht hinter ihr her in die Wohnung. Sofia benimmt sich wie eine Mutter im Fernsehen, wenn ihre Tochter ihr erstes Date hat. Sie rückt Konrad einen Stuhl hin, legt noch ein Fitwich in die Mikrowelle, plappert ein bisschen über das Wetter und zieht sich dann zögernd zurück.
»Und du legst dich wieder hin«, sagt sie streng zu Robin.
Robin schiebt die Unterlippe vor. Ich sehe ihm an, dass er vor Neugierde fast platzt. Aber Sofia kennt keine Gnade. Sie schiebt ihn aus der Küche und macht die Tür hinter sich zu.
Konrad sieht ihnen mit gerunzelter Stirn nach. Sein Fitwich hat er noch nicht angerührt.
»Er ist mein kleiner Bruder«, sage ich. Und dann bin ich einen Moment lang still. Eigentlich müsste jetzt irgendwas passieren. Ein lauter Tusch. Oder ein Schnitt und dann Werbepause. So was sagt man doch nicht jeden Tag. Jedenfalls nicht zum ersten Mal.
»Und was ist mit Tim?«, fragt Konrad und schiebt sein Fitwich mit dem Zeigefinger über den Teller.
Falsche Frage.
»Robin ist mein richtiger kleiner Bruder«, wiederhole ich, und dann hole ich tief Luft. »Und Sofia ist meine Mutter.«
Wenn ich gedacht habe, dass Konrad jetzt vom Stuhl fällt, habe ich mich mal wieder gewaltig getäuscht. Der reagiert überhaupt nicht. Der zuckt nur mit den Schultern.
»Unser richtiger kleiner Bruder ist Tim. Den haben wir im Stich gelassen.«

Ich starre ihn an.
»Ich meine, sie ist meine echte, richtige Mutter!« Kapiert er das denn nicht? »Ich war ihr richtiges Baby. Wie bei Ariel und ihren Kindern.«
Aber die CX4-Familie hat Konrad ja nie gesehen.
Er nickt trotzdem. Beißt in sein Fitwich, als wäre nichts geschehen.
»Sie hat dich weggegeben. Weil du so hässlich warst. Wie meine Mutter. Und Tims Mutter. Und alle anderen.«
»Und das hast du gewusst?«
»Ich hab es immer gesagt. Kannst du dich nicht erinnern? Du wolltest es nie glauben. Du und Nelly, ihr habt immer so getan, als hätte ich sie nicht mehr alle. Ihr habt euch an diesem Quatsch festgebissen, den die uns in Info erzählt haben. Dass wir alle aus dem Labor kommen. Mann! So ein Schwachsinn!«
Ich schweige. Konrad hat Recht. Ich kann mich erinnern. Ich kann mich genau daran erinnern, wie wütend ich auf ihn war, wenn er so was erzählt hat.
»Wo ist deine Mutter?«, frage ich leise.
Konrad zuckt wieder mit den Achseln.
»Mir doch egal. Die wollte mich ja nicht haben.«
Ich schäme mich. Weil ich meine Mutter habe. Weil ich sogar glücklich bin, dass ich sie habe. Weil ich gar nicht richtig sauer auf sie bin. Obwohl sie mich doch weggegeben hat.
»Vielleicht könnten wir deine Mutter finden.«
Konrad nickt. »Wenn ich wollte, könnte ich sie finden. Aber ich will nicht.« Er bohrt seinen Finger ins Fitwich. »Ich habe alle Informationen, die es über uns gibt. Sämtliche Dateien auf Disc. Habe ich alles mitgenommen. Deswegen sind die so hinter mir her.«
Ich starre ihn an.
»Du hast bloß ein paar Dateien geklaut?«

Konrad sieht sich seinen Fingernagel an. Der ist von den Algen im Fitwich ganz grün.
»Streng geheim sind die. Bis jetzt habe ich allerdings nur einen Teil geknackt. Aber Alfred und ich, wir schaffen das noch. Wenn sie uns nicht vorher erwischen.«
Ehrlich gesagt, ich bin ein bisschen enttäuscht. Ich habe mir was viel Spannenderes vorgestellt. Dass Konrad irgendeine Wunderpflanze geklaut hat, mit der man die Welt retten kann, oder so was. Ich weiß auch nicht genau. Vielleicht habe ich mir heimlich gewünscht, dass er sich in *Genoman* verwandelt und mich in seine Barbie. Oder so einen Scheiß.
Dateien!
»Und wen interessiert das?«, frage ich.
Konrad sieht mir in die Augen. »Du hast doch keine Ahnung. Die Blauen haben überall ihre Finger drin. Auf der ganzen Welt. Die verändern alle Tiere und Pflanzen und Menschen. Die verändern die Wälder und die Seen und das Meer und das Wetter und überhaupt alles. Die Menschen sollen glauben, dass *Genosan* alles im Griff hat. Dass nichts schief gehen kann. Von wegen *Genosan macht die Schöpfung erst vollkommen*. Und dabei haben die genau Buch geführt über alle Unfälle, die es schon gegeben hat. Kilometerlange Listen sind das! Es sind Fotos dabei und Filme, da wird dir schlecht.«
»Du hast doch gesagt, du musst die Dateien erst knacken. Woher willst du denn dann wissen, was drinsteht?«
»In der Zeit, in der ich im Labor gearbeitet habe, wurden die Dateien gerade aktualisiert. Sie konnten nicht verhindern, dass ich ab und zu mal was aufschnappte.«
Konrad schweigt einen Moment. Er sieht mir bestimmt an, dass ich das alles gar nicht hören will.

»Überleg doch mal«, sagt er ein bisschen freundlicher. »Mit uns ist auch was schief gegangen. Und wir haben noch Glück gehabt. Wir sind wenigstens halbwegs normal.«
»Aber vieles klappt doch auch«, wende ich ein. »Die haben auch schon viel geschafft. Es kann ja nicht immer alles klappen.«
Wie komme ich dazu, die Blauen zu verteidigen?
Konrad winkt ab.
»Ja gut. Einiges klappt auch. Aber trotzdem. Die Blauen machen die Welt nicht vollkommen. Die machen sie kaputt. Die basteln an Dingen rum, von denen sie keine Ahnung haben. Es juckt sie auch gar nicht, wenn daraus irgendwelche Katastrophen entstehen. Die denken doch nur an ihren Gewinn.« Er lacht. »Und solche wie uns können sie gut gebrauchen. Alle Kinder aus den *Genosan*-Schulen werden später für *Genosan* arbeiten. Wir sind treue Sklaven, sonst nichts.«
»Wir beide nicht«, sage ich leise. Ich weiß nicht, was ich sonst sagen soll. Klar, ich habe keine Lust mehr, zu den Blauen zurückzugehen. Ich weiß, dass bei denen nicht alles in Ordnung ist. Aber Konrad übertreibt. Die tun auch viel Gutes.
Konrad seufzt.
»Wenn wir die Dateien geknackt haben, kannst du ja Zeitung lesen. Dann kannst du nachlesen, was die schon alles angestellt haben. Das sind Verbrecher. ›Betriebsunfälle‹ nennen sie uns. Und die vermurksten Tiere auch. Und die Pflanzen, die alle anderen Pflanzen ausrotten. Und die Krankheiten, die sich plötzlich ausbreiten. Und all das. Das ist streng geheim. Das darf keiner wissen.«
Ich mache die Augen zu. Das Weizenkeim-Fitwich trocknet auf meinem Teller langsam vor sich hin. Seine Kanten sind schon ganz gelblich.

»Und was dann?«, frage ich leise. »Was willst du machen?«
»Die Leute hier draußen müssen wissen, was bei *Genosan* wirklich passiert«, sagt Konrad. »Es muss ins Fernsehen. Ins Internet. Die Leute dürfen einfach nicht mehr an *Genosan* glauben.« Er schweigt einen Moment. »Und die dürfen nicht mehr einfach ihre Kinder weggeben, nur weil die nicht so aussehen wie im Fernsehen.«
Ich höre Sofia im Nachbarzimmer den PC einschalten. Ich höre ihren Schreibtischstuhl über den Boden rollen. Ich höre meine Mutter. Und in mir selbst rollt eine Welle von so widersprüchlichen Gefühlen los, dass es mich fast umwirft. Da strudelt alles mit. Wut auf meine Mutter, die mich nicht haben wollte. Wut auf *Genosan*. Wut auf Konrad, weil er *Genosan* so schlecht macht. Freude darüber, einen Bruder und eine Mutter zu haben. Angst vor den Blauen. Heimweh nach Nelly, Tim, Rika. Hilflosigkeit.
Wir müssen Nelly und Tim da rausholen.
»Wir müssen Nelly und Tim da rausholen.«
Konrad lässt den Kopf sinken.
»Ihre Mütter würden es vielleicht schaffen«, sagt er. »Wenn sie es wollen. Sofia hat es geschafft. Also muss es rechtlich irgendwie gehen. Freiwillig haben die Blauen dich bestimmt nicht rausgerückt. Aber wir haben noch nicht sämtliche Dateien geknackt.«
»Dann müssen wir beide sie rausholen.«
»Wie willst du das machen?«
Dass Konrad so was fragt, schockt mich. Der weiß doch sonst immer alles.
Konrad stopft sich den letzten Brocken von seinem Fitwich in die Backen. Er kaut und starrt dabei finster vor sich hin.
»Ich muss wieder weg.«
»Du bist doch gerade erst gekommen.«

Mir wird schon wieder ganz flau. Komisch. Jetzt, wo ich plötzlich eine Mutter und einen Bruder habe, fühle ich mich erst recht einsam in der Stadt.
Konrad steht auf. Ich weiß nicht, ob er wirklich wegmuss oder ob er mit mir und meiner Familie nichts mehr zu tun haben will. Ich frage nicht, ob er wiederkommt. Ich habe Angst, er könnte nein sagen. Wenn ich einfach nichts sage, wird er bestimmt wiederkommen.
Konrad zeigt auf die halb leere Colaflasche auf dem Küchenschrank.
»Und kipp das Zeug weg.«
»Und warum, bitte?«, frage ich trotzig.
»Du weißt doch, was *Nowill forte* ist?«
Unwillkürlich ducke ich mich ein bisschen. »Ja, weiß ich.«
»Genau das Zeug ist in der Cola drin. Natürlich nur ganz verdünnt. Das reicht aber. Wenn einer dauernd Cola trinkt, dann wehrt er sich nicht mehr. Der denkt überhaupt nicht mehr nach. Dem kann man alles erzählen.«
Und dann lässt er mich stehen. Mit einer leeren Colaflasche, einem völlig unübersichtlichen Wust an Gefühlen im Bauch, einer Mutter und einem Bruder. Er geht aus der Tür und ich höre ihn noch die Treppe hochrennen. Irgendwo da oben im Übergrund sind sie dabei, die Wahrheit über *Genosan* zu entschlüsseln.
So, und jetzt höre ich mal wieder auf. Ihr müsst zugeben, die Flaschenpost ist doch heute mal wieder hammerhart. Also, denkt daran. Ihr habt vielleicht selbst irgendwo eine Schwester oder einen Bruder auf irgendeiner Schule von *Genosan*. Könnt ihr euch das überhaupt vorstellen?
Ach ja. Und während ihr drüber nachdenkt, trinkt dabei vorsichtshalber nicht so viel Phosphorcola.

9.

Seit ich weiß, dass Robin mein richtiger Bruder ist, muss ich andauernd an Tim denken. Nicht nur, weil Robin mich an ihn erinnert hat.

In meinem Kopf rast alles im Kreis rum. Ich glaube, ich schiele schon.

Tim und Nelly rausholen. Warum eigentlich? Denen geht es doch gut. Die haben doch alles. *Genosan* ist Mutter und Vater für sie. Sie haben noch nie gesagt, dass sie wegwollen. Was für Konrad und mich gilt, das muss für sie noch lange nicht gelten.

Und dann rasen die Gedanken wieder auf die andere Seite.

So, die haben alles? Haben sie nicht auch ein Recht darauf, zu erfahren, wer ihre Eltern sind? Aber sie dürfen *Genosan* nie verlassen. Sie dürfen mich nicht besuchen kommen. Die Blauen werden bestimmen, wie ihr Leben weiter verläuft. Und wenn sie nicht gehorchen, werden sie bestraft.

Ich habe Angst vor den Blauen. Wer einmal so was wie *Nowill forte* geschluckt hat, der muss Angst vor denen haben. Wer die eiskalten Augen der S.M. gesehen hat, auch. Ich kann mir nicht mehr ernsthaft einreden, dass es Nelly und Tim richtig gut geht. Na ja, solange sie funktionieren, geht es vielleicht. Und wenn nicht?

Und wutsch! rasen die Gedanken zurück. Wir haben sowieso keine Möglichkeit, die beiden zu holen. Und wenn wir sie rausholen, wo sollen sie dann hin? Die Blauen würden zuallererst bei mir nachsehen, die sind ja nicht blöd. Und ob irgendwelche Mütter sie wiederhaben wollen, das steht auf einem ganz anderen Blatt. Nicht sehr wahrscheinlich, dass Tim und Nelly auch gerade gebraucht werden, um irgendwelche Geschwister zu retten.

Als ob ich nicht auch so schon genügend Sorgen hätte.

Sofia hat mich für die Schule angemeldet. Ja, echt, eine richtige

Schule, die außer mir lauter richtige Kinder besuchen, Kinder wie ihr. Ich weiß nicht, wie sie sich das vorstellt. Soll ich mir eine Gasmaske überziehen, damit man mein Gesicht nicht sieht? Oder mich hinter einen Vorhang setzen?
»Du übertreibst«, sagt Sofia ärgerlich. »Es stimmt nicht, dass alle Kinder so aussehen wie im Fernsehen. Es gibt immer noch Leute mit weniger Geld, die sich *Genosan* nicht leisten können.«
»Aber so schlimm wie ich sehen die nicht aus. Die haben vielleicht ein paar Pickel oder so was.«
Sofia schüttelt den Kopf über mich.
»Ich wusste gar nicht, dass du so ängstlich bist.«
Die hat gut reden.
Die machen mich doch fertig! Ich weiß, wie richtige Kinder sind. Das habe ich oft genug im Fernsehen gesehen. Die machen jeden fertig, der nicht so ist wie sie. Ich bin nicht mal nur hässlich, ich bin überhaupt ganz anders als sie. Ich kenne ihre Welt nicht. Ich bin ein *Genosan*-Kind. Ich habe keine Ahnung.
»Ich verstehe nicht, wovor du dich fürchtest.« Sofia schüttelt den Kopf. »Du bist doch so klug. Du hast bestimmt keine Schwierigkeiten.«
Robin sagt nichts. Er weiß garantiert, dass das Quatsch ist. Mit Klugheit hat das nichts zu tun. Es geht um was ganz anderes.
»In was für eine Schule geht denn Konrad?«, fragt Sofia so ganz nebenher, während sie für Robin ein Schocuja-Brötchen schmiert. Eigentlich könnte Robin so was schon wieder sehr gut allein machen, aber Sofia hat sich daran gewöhnt, dass er gar nichts kann. Und Robin genießt es, wenn er so betütelt wird. Ich mache natürlich alles selbst. Ich bin ja gesund und älter und hässlich.
Und manchmal ungerecht. Wahrscheinlich.
»Keine Ahnung. Von der Schule hat Konrad nichts erzählt.«

Ich weiß nicht, was ich Sofia über Konrad verraten darf. Dass wir uns aus der *Genosan*-Schule kennen, ist klar. Auf die Idee kommt jeder Blinde. Aber Sofia weiß nicht, dass Konrad auf der Flucht ist. Und wenn sie es sich denkt, dann sagt sie es nicht.
Es macht mich ganz verrückt, dass ich nicht weiß, ob und, wenn ja, wann er wiederkommt. Klar. Ich könnte notfalls zu Alfred Koschke ins Labor gehen und ihn bitten, mich wieder mit in den Übergrund zu nehmen. Aber das traue ich mich nicht. Solange ich meinen Sender drinhabe, muss ich vorsichtig sein. Die Blauen könnten dauernd kontrollieren, wo ich hingehe. Ich meine, ich glaube kaum, dass die den ganzen Tag am Computer hängen und aufpassen, ob ich gerade aufs Klo gehe oder so was. Aber es könnte ja sein, einer der Blauen langweilt sich gerade und kommt einfach nur so auf die Idee, nach mir zu sehen.

Und dann habe ich noch von meinem Vater geträumt. Das hat mir gerade noch gefehlt. Kaum habe ich meine Mutter und meinen Bruder entdeckt, da interessiere ich mich schon für meinen Vater. Robin und Konrad meinen ja, den gibt es gar nicht, der ist nur eine Mischung aus verschiedenen Männern. Ich weiß nicht. Irgendwas in mir drin sagt, wenn man eine Mutter hat, muss man auch einen Vater haben. Der in meinem Traum sah gar nicht aus wie die im Fernsehen. Der sah ein bisschen so aus wie ich, also überhaupt nicht richtig. Er saß auf einer Parkbank und unter der Bank lag ein ganzer Berg leerer Colaflaschen. Er schaute ganz traurig auf ein Foto in seiner Hand. Ich habe gedacht, dass es ein Foto von mir sein muss. Ich bin zu ihm hingegangen. Aber auf dem Foto war ein fremdes, wunderschönes Mädchen drauf.
»Das ist meine Tochter«, hat der Mann mit Tränen in den Augen gesagt. »Ich habe sie noch nie gesehen.«

Ich wollte ihm sagen, dass das nicht stimmt. Dass ich seine Tochter bin. Aber ich habe mich nicht getraut. Ich habe gedacht, er glaubt es mir nicht. Er wird bestimmt wütend. Also bin ich schnell weggelaufen.

Beim Weglaufen habe ich ehrlich gesagt noch gehofft, dass er mich erkennt und mich zurückruft. Aber er hat mich gar nicht mehr beachtet.

Und jetzt muss ich dauernd an diesen Traum denken.

Und dann wieder an Tim und Nelly.

Das Blöde ist, dass ich so ein schlechtes Gewissen habe, wenn ich an die denke.

Dabei kann ich nichts dafür, dass ich jetzt hier bin. Mit Mutter und allem. Das war doch der pure Zufall. Und ich kann erst recht nichts dafür, dass ich mich nicht bei ihnen melde. Tim fühlt sich bestimmt total verlassen. Und Nelly ist wahrscheinlich sauer. Ich würde so gerne schreiben, anrufen, mailen. Aber die lassen mich ja nicht.

Und was mache ich stattdessen? Flaschenpost. Immer nur Flaschenpost.

Wenn doch nur Tim sie rausfischen würde!

Teil 3

Die *Genosan*-Familie

1.

Mein erster Schultag.
Ich meine, hier draußen an der richtigen Schule.
Jetzt müsste ich wenigstens schreiben, wie ich es finde.
Aber ich kann gar nicht viel darüber sagen.
Also, der erste Schultag:
Ich stehe vor der Klasse. Ich bin so nervös, dass ich kaum durch meinen eigenen Angstschweiß durchgucken kann.
Die benehmen sich auch wirklich merkwürdig.
Ich meine, die gucken schon ein bisschen blöd. Vermutlich gebe ich ein schreckliches Bild ab. Ich bin bestimmt so rot wie eine Verkehrsampel. Vielleicht sogar abwechselnd rot, gelb und grün. Aber so richtig unfreundlich sind sie eigentlich nicht. Nur ein paar kichern, aber sie halten sich schnell die Hände vor den Mund.
Die Lehrerin ist die Einzige, der das Lächeln schwer fällt. Sie sagt freundliche Dinge, aber die klingen gelogen. Céline sagt, die Lehrerin hat letzte Woche erzählt, dass ich aus einem Internat komme. Aus einem ganz besonderen Internat. Und dass die anderen mich nicht darüber ausfragen sollen, weil das nicht höflich ist. Jetzt sind sie natürlich alle erst recht total neugierig.
Ich bin ganz platt, als ausgerechnet so ein vollkommen hübsches Mädchen wie Céline in der Pause gleich auf mich zugeschossen kommt und mir den Arm um die Schultern legt: »Wahnsinn. Ich würde ja auch so gerne auf ein Internat gehen. Das muss super sein.«

Ich zucke mit den Achseln.
»Du musst unbedingt erzählen, was ihr alles angestellt habt«, sagt ein unheimlich gut aussehender Junge. Ich weiß nicht, wie er heißt. Ich weiß nur, dass ich ihm gerne was Spannendes aus meinem Leben erzählen würde. Aber ich darf ja nicht. Das kann ich denen nicht erklären. Was soll ich machen?
Gut, dass ich schon so viele blöde Filme gesehen habe, die in Internaten spielen. Ich erzähle einfach irgendwas. Mische zusammen, was ich erlebt und was ich nur im Fernsehen gesehen habe. Wie ich mit Tim und Nelly irgendwelche Lehrer reingelegt habe. Wie wir alle zusammengehalten und die geilsten Feste gefeiert haben. Das haben sie mir sogar abgekauft. Ich fürchte nur, ich kann mir selbst nicht merken, was ich erzählt habe. Vielleicht sollte ich alles gleich aufschreiben.
Ich bin ganz froh, als der Unterricht weitergeht. Ich hätte nie erwartet, dass der Unterricht hier draußen so leicht ist. Was die in Bio und Mathe und Medientechnik gerade machen, das hatten wir schon vor Jahren. Chemie, Gentechnik und Labortechnik haben die gar nicht. Dafür so komische Sachen wie Geschichte (da geht es nur um Dinge, die vor ganz langer Zeit passiert sind ... ich kann mir nicht vorstellen, dass das noch einen Menschen interessiert). Und Musik! Das fand ich besonders witzig. Als wäre das ein richtiges Fach! Na gut. Vielleicht macht es ja Spaß. Ich lasse mich überraschen. Jedenfalls hat die Lehrerin in Medientechnik gemeint, ich wäre sehr reif für mein Alter. Die Jungs haben natürlich gekichert.

Von Konrad habe ich niemandem erzählt. Von dem habe ich seit dem Überraschungsbesuch nichts mehr gehört. Gut, dass Robin mich ablenkt. Merkwürdig eigentlich. Ich sollte doch Robin ablenken. Und nun lenkt er mich ab. Robin ist total witzig. Das hätte ich am Anfang nie gedacht. Da hat er mich ja rund um die Uhr nur angemuffelt. Jetzt redet er wie ein Wasserfall. Er interessiert sich für alles. Robin habe ich schon eine ganze Menge über meine alte Schule erzählt. Immerhin ist er mein Bruder. Als ich geschworen habe, nichts zu erzählen, wusste ich ja noch nicht, dass ich einen richtigen Bruder habe. Also, Robin quatscht mir ein Ohr ab, wenn ich ihn nicht bremse. Deswegen kann ich nicht mehr so viel nachdenken. Nur abends, wenn ich in meinem Zimmer bin, wenn ich Flaschenpost schreibe, dann zieht es so in meinem Bauch. Dann weiß ich, dass was fehlt. Mir geht es hier draußen wirklich gut. Aber ich kann nicht so tun, als hätte es mein Leben bei *Genosan* nicht gegeben. Die sind meine Familie. Nicht die Blauen. Die Blauen vermisse ich nicht. Ich habe auch keine Lust mehr, die Hymne unter den Fahnen zu singen. Aber Tim, Nelly, Konrad, auch Rika, obwohl ich auf die zuletzt ziemlich sauer war, die kann ich nicht einfach vergessen.

Robin singe ich die Hymne manchmal vor. Er findet sie witzig. Den Text hat er auch schon gelernt, aber er verdreht ihn lieber. Das haben wir früher auch gerne gemacht, aber es durfte kein Blauer hören. Die Hymne und die Fahne muss man in Ehren halten. Man darf sich nicht darüber lustig machen.

Manchmal höre ich Robin im Bad trällern:

Wir bleichen die Sonne,
wir heizen den Schnee,
wir salzen die Berge,
wir beugen die See.

Es ist wie ein Lied aus einer anderen Welt. Hier fällt kein Schnee. Der wird von der Stadt offenbar wirklich irgendwie weggeheizt. Er fällt jedenfalls nicht bis auf die Straße. Schon über den Häusern schmilzt er ab und verwandelt sich in Regen.
Im wilden Wald ist es bei Schnee sehr schön. Wir konnten aber nie richtig im Schnee spielen, weil wir nicht die richtige Kleidung dafür hatten. Wir hatten zwar Jacken für den Morgenappell und die Gymnastik im Freien, aber keine festen Schuhe. Die meisten von uns sind sowieso nie aus dem Paradiesgarten rausgegangen. Im Paradiesgarten springt natürlich immer die Heizung an, wenn es Frost gibt. Die meisten vollkommenen Pflanzen vertragen nämlich keine Kälte.

Ich erkläre Robin gerade die Pflanzen aus dem Paradiesgarten (von den meisten hat er noch nie was gehört, aber den Pizzaduftstrauch findet er besonders interessant), als es an der Tür klingelt.
Ich höre, dass Sofia zur Sprechanlage geht und abnimmt.
»Was für Futter?«, höre ich sie fragen. »Nein, das muss ein Irrtum sein. Wir halten hier kein CX4.«
»Lass ihn rein!«, rufe ich aus Robins Zimmer.
Sofia wirft einen ratlosen Blick durch die Tür.
»Habt ihr ein CX4 unterm Bett oder was?«
»Das muss Konrad sein«, flüstere ich.
Sofia runzelt die Stirn, aber sie sagt »Komm rauf«, und drückt den Türöffner.
Ich rase die Treppe runter, aber dann höre ich das Brummen des Aufzugs. Schnell mache ich kehrt und flitze wieder hoch.
Ein Junge hat ein Päckchen vor unserer Tür abgestellt.
Es ist nicht Konrad. Konrad wäre auch gar nicht von der Straße gekommen. Konrad kommt von oben.

»Die Rechnung liegt drin«, ruft der Junge mir noch zu, bevor er wieder in den Lift hüpft und die Glastüren zugehen. Ich sehe ihn durch die Glasscheibe an, bevor sich der Lift in Bewegung setzt. Er winkt mir zu. Ich habe ihn wirklich noch nie gesehen.
Dann hebe ich das Päckchen auf.
»Tierfutter«, steht drauf. »Vor Nässe schützen.«
Sofia kommt zur Wohnungstür. »Wo ist Konrad?«
»Er war's nicht«, flüstere ich.
Sofia streicht mir über den Kopf. Das traut sie sich seit einigen Tagen.
»Und was machen wir jetzt damit?« Ich zeige ihr das Päckchen.
»Pack's aus. Vielleicht fressen die CX4s ja was Leckeres. Dann klauen wir es ihnen einfach und essen es selber.«
»Die fressen doch Müll!«, sage ich. Und dann muss ich lachen. CX4-Futter, so ein Quatsch! Die brauchen doch überhaupt kein richtiges Futter! Die kann man doch in jeden Mülleimer reinsetzen!
Das sieht Konrad ähnlich. Fast hätte er mich reingelegt.
Robin bringt das schärfste Küchenmesser. Sofia runzelt ein bisschen die Stirn.
Ich fetze die Verpackung auf.
Ein graues Kapuzenshirt und eine verschraubte Plastikdose kommen zum Vorschein.
»Hoffentlich ist das keine Bombe«, sagt Robin und macht ein paar Schritte rückwärts. Robin hat sich während seiner Krankheit eine Überdosis an übelsten Ballerspielen reingezogen.
»Quatsch.« Ich drehe am Deckel. Der ist ziemlich fest. Endlich gelingt es mir, ihn zu öffnen.
Ich kann gerade noch eine bräunlich-graue, schmierige Masse sehen. Dann schießt der übelste Gestank, den man sich nur vorstellen kann, aus der Dose und wirft uns fast auf den Rücken.

»Ich sag's ja«, keucht Robin und hält sich die Hand vor die Nase. »Eine Bombe! Eine Stinkbombe.«
Sofia reißt mir den Schraubdeckel aus der Hand und verschließt die Dose hastig. Aber die Stinkwolke hängt wie ein dichter, schmieriger Nebel in der Küche. Jetzt wäre es gut, wenn man wie in den alten Filmen ein Fenster aufmachen könnte. Aber so was gibt es natürlich schon lange nicht mehr. Sofia dreht wild an der Klimaanlage.
»Hoffentlich pustet die den Gestank nicht durch alle Zimmer.« Ihre Stimme klingt erstickt.
»Tote Ratten«, murmelt Robin. »Vergammelte tote Ratten und Fische.«
»Hör auf.« Sofia würgt. Sie zieht uns in ihr Zimmer. Dort ist der Geruch noch einigermaßen erträglich.
»Lies den Brief«, sagt sie streng.
Ich glaube, wenn die Stinkbombe wirklich von Konrad ist, dann hat sie ihre gute Meinung über ihn gründlich geändert.
Ich falte den Zettel auseinander und lese:

»Hallo Nora,
wir müssen reden. Ich hole dich morgen um sieben ab. Wegen des Senders in deinem Arm musst du was machen. Ich schicke dir Salbe. Die hat Alfred erfunden. Wenn man die ganz dick über die Haut schmiert, funktioniert der Sender nicht. Also schmier dir morgen vorher ganz dick den Arm ein. Alfred sagt, am besten machst du ein Pflaster drauf. Bis dann.
K.

PS: Pass auf, das Zeug stinkt.«

»Was schreibt er?« Sofias Augen kugeln fast aus den Höhlen, weil sie so krampfhaft nach dem Blatt rüberschielt.
»Konrad schreibt, mit dem Zeug kann ich den Sender abschalten«, sage ich. Mehr will ich nicht verraten. Ich muss erst überlegen, wie ich sie dazu bringe, mich so kurz vor der Sperrstunde rauszulassen.
»Das mit dem Sender glaube ich sofort«, stöhnt Sofia. »Bei dem Gestank bricht wahrscheinlich jede Elektronik zusammen. Soll das heißen, du wirst von jetzt an als vergammelter Fisch hier rumlaufen?«
»Erst wenn es nötig ist«, murmle ich.
»Sag vorher Bescheid.« Robin hält sich die Nase zu. »Damit ich rechtzeitig ausziehen kann.«

2.

Als ich mit zusammengebissenen Zähnen zwei Finger in die glitschige graue Masse tauche, bin ich mir immer noch nicht ganz sicher, ob Konrad mich reinlegen will. Das kann er doch nicht ernst meinen, oder? Wenn ich mit dieser Wolke um mich rum im Übergrund auftauche, springen die Leute doch reihenweise freiwillig von den Dächern.
Ich schmiere mir den Arm so dick ein, wie die Salbe eben hält. Das mit dem Pflaster ist eine gute Idee. Vielleicht hält das den Gestank ein bisschen zurück. Und außerdem muss ich den Matsch dann nicht sehen und reibe ihn auch nicht in das graue Tarn-Sweatshirt. Es ist eine Minute vor sieben. Zugegeben, ich bin spät dran. Aber ich habe es nicht fertig gebracht, mich noch früher mit diesem Gammelrattenzeug einzubalsamieren. Robin und Sofia haben sich in ihren Zimmern verbarrikadiert. Sofia hat mir natürlich

noch einen Vortrag über die Sperrstunde gehalten und dass ich das Haus nicht verlassen darf. Ich habe ihr versprochen, nicht auf die Straße zu gehen. Daran werde ich mich halten.
In der Küche brennt eine Duftlampe. Lavendel-Zitrone. Aber die hat gegen die Gammelratten keine Chance.
Genau um sieben klingelt es. Konrad war schon immer pünktlich. Irgendwie passt das gar nicht zu ihm. Und irgendwie doch. Jedenfalls springe ich auf und reiße die Wohnungstür auf.
Konrad macht einen Satz rückwärts und verzieht das Gesicht.
»Ach du grüne Kacke«, ächzt er.
Ich könnte heulen. Ich meine, Konrad war noch nie besonders romantisch, aber das war die mieseste Begrüßung, die man sich vorstellen kann. Ich wische mir schnell über die Augen. Und schaffe es, stattdessen wütend zu werden.
»'tschuldigung«, sage ich knapp, »aber das Päckchen war doch von dir, oder?«
Konrad nickt. »Ja. Ich wusste aber gar nicht mehr, dass es so schlimm … Aber da muss ich jetzt durch.«
»Du? Was ist mit mir? Ich laufe hier rum wie ein Stinktier vom andern Stern.«
Konrad schielt über meine Schulter.
»Hast du was erzählt?«
»Ich hab gesagt, ich treff mich mit dir. Die Salbe konnte ich ja schlecht heimlich auftragen.«
Konrad nickt. »Dann gehen wir gleich.«
»Ja, bitte!«, höre ich Robins Stimme hinter seiner Zimmertür. Mein lieber kleiner Bruder hat offenbar gelauscht. Ich ziehe die Wohnungstür hinter mir ins Schloss.

»Hättest du nicht irgendwas dagegen tun können?«, fragt Konrad, als er fünf Schritte vor mir die Treppe hochwetzt. »Frauen können so was doch. Mit Parfüm oder so. Dafür ist Parfüm doch da, oder?«
»Quatschkopf«, sage ich nur. Es ärgert mich, dass er sich so aufführt. Dann fällt mir was ein. »Und wieso stinkst du nicht? Ich meine, dein Sender funktioniert doch auch nicht.«
»Alfred hat ihn mir ganz rausnehmen lassen. Er konnte den Gestank nicht mehr aushalten.«
»Ach komm. Versteh ich gar nicht.«
Als wir im Dachboden angelangt sind, klettert Konrad wie eine Katze aus einer Dachluke. Ich brauche ein bisschen länger und schnaufe heftig, als ich es geschafft habe. Weil ich so lange keinen Sport getrieben habe und immer nur in der Wohnung war, bin ich schon ganz steif. Wird Zeit, dass ich mal wieder an die Wellfit-Geräte gehe.
Draußen ist es schon wieder stockdunkel. Konrad gibt mit der Taschenlampe das Zeichen.
»Gehen wir wieder in das Festzelt vom letzten Mal?«, flüstere ich.
Konrad schüttelt den Kopf. »Das ist doch viel zu weit weg. Hier in der Nähe gibt es auch ein nettes Zelt. Da treffen wir uns mit Alfred. Komm mit.«
Er gibt mir die Hand – gut, dass ich die nicht mit der Salbe einschmieren musste – und zieht mich durch die schwarze Nacht. Diesmal fallen mir die Stadtgeräusche auf, die zu uns hochschallen. Die Polizeisirenen. Die Kirchenglocken. Wirkliche Kirchenglocken! Die gibt es immer noch! Ich habe gedacht, das wäre auch nur was aus den alten Filmen, so wie tickende Uhren und Telefone mit Wählscheiben.
Während ich hinter Konrad herstolpere, wird mir irgendwie ganz warm und wohlig im Bauch. Die Welt ist gerade total in Ordnung.

Obwohl ich so erbärmlich stinke. Obwohl es so dunkel ist. Obwohl wir im Übergrund sind und nicht entdeckt werden dürfen. Klingt komisch, oder? Die Blauen hätten bestimmt eine Therapie gegen so unlogische Gefühle.
Ich weiß nicht, wie lange wir gehen. Die Dunkelheit schaltet die Zeit aus. Ich merke, dass ich allmählich müde werde und immer häufiger stolpere. Ich merke auch, dass ich mich an den Gestank gewöhne. Konrad offenbar auch, er bleibt jetzt dicht vor mir.
Endlich höre ich wieder die gedämpften Stimmen. Keine Musik diesmal. Konrad zieht einen Vorhang zur Seite und schon stehen wir in einem Zelt.
Es ist nicht viel los. Kein Klavier. Keine Leute, die einander Witze erzählen. Nur ein Tisch, an dem ein Paar sich tief in die Augen schaut, ein zweiter Tisch mit einem älteren Mann, der genauso tief in sein Glas schaut, und Alfred. Er springt auf, als wir hereinkommen. Die anderen Gäste sehen auch auf. Sie schnüffeln und sehen sich beunruhigt um. Auf die Idee, dass ein normales Mädchen wie ein vergammelter Fisch riechen könnte, kommen sie glücklicherweise nicht.
Alfred steht auf. Er schafft es, mich trotzdem herzlich zu umarmen. Vielleicht hat er sich im Labor sein Riechorgan kaputtgemacht. Vielleicht weiß er gar nicht, wie übel das Zeug stinkt.
»Setzt euch.« Alfred deutet auf zwei Stühle. Die Frau hinter der Bar, die gerade Gläser ausreibt, sieht fragend herüber.
»Zweimal O-Saft.«
Sie nickt. Alfred starrt auf seine Fingernägel, dabei sind die überhaupt nicht schmutzig. Erst als wir richtig sitzen, sieht er mir in die Augen.
»Es ist wegen Tim«, sagt er. »Wir wissen, wer sein Vater ist.«
Ich glotze ihn wahrscheinlich an wie ein glupschäugiger Alien.

»Sein Vater? Und seine Mutter? Ich habe gedacht …«
Alfred winkt ab. »Es gibt manchmal auch Väter. Nimm das einfach mal so hin. Und Tims Vater kennen wir jetzt.«
»Habt ihr denn …?«
»Wir habe alle Dateien gelesen«, sagt Konrad. Er fingert ganz cool an seinem Saftglas rum. *Genoman* persönlich könnte nicht cooler sein.
»Und was ist jetzt mit dem Fernsehen?«
Alfred zieht die Augenbrauen hoch. »Jetzt geht es erst mal um Tim.«
»Und Nelly«, sage ich automatisch.
Konrad zieht unwillig die Schultern hoch.
»Ich habe mit Tims Vater gesprochen«, sagt Alfred.
»Ich übrigens auch.« Konrad nimmt einen großen Schluck Saft. Ich glaube, er hält sich für ziemlich wichtig. Alfred sieht ihn irritiert an.
»Er würde Tim gerne zu sich nehmen«, fährt Alfred fort. »Aber das ist schwierig. Er lebt selbst im Übergrund und muss in den nächsten Tagen über die Grenze gehen.«
»Wieso das denn?«
Alfred dreht sein leeres Glas zwischen den Fingern. Mit seinen Fingern hat er irgendwas. Die sind aber auch elegant. Sehr lang und schmal. Wie bei einem Schauspieler.
»Das tut jetzt nichts zur Sache. Er hat sich unbeliebt gemacht und musste untertauchen. Ich meine auftauchen, auf die Dächer. Und nun wartet er auf eine Gelegenheit, das Land zu verlassen.«
»Und würde er Tim mitnehmen?«
Alfred nickt.
»Ich weiß nicht«, sagt Konrad. »Ich traue dem Typen nicht. Warum hat er ihn überhaupt jemals weggegeben?«

»Er hat seither viel nachgedacht«, sagt Alfred streng. »Er hat seinen Fehler erkannt. Und was noch viel wichtiger ist: Er kämpft gegen *Genosan*. Im Übrigen musst du mir einfach vertrauen.«
Konrad zieht den Kopf ein. Jetzt sieht er überhaupt nicht mehr aus wie *Genoman*.
»Mag er Tiere?«, frage ich.
Alfred sieht mich verwirrt an. »Was?«
Ich werde wahrscheinlich schon wieder rot. »Tim mag Tiere furchtbar gern.« Obwohl das gar nicht wichtig ist. Oder vielleicht doch.
»Jedenfalls kann Tims Vater Tim nicht mit Hilfe eines Rechtsanwalts raushauen«, fährt Alfred fort, ohne auf die Sache mit den Tieren einzugehen.
»Können wir ihn denn nicht holen? Ich meine, mit der Salbe für den Sender und so ...« Als ich das ausspreche, fällt mir erst wieder ein, wie sehr ich stinke. Ich sehe mich um. Das verliebte Paar ist verschwunden. Der ältere Mann hat wieder ein volles Glas vor sich stehen und prostet mir zu, als mein Blick auf ihn fällt. Wahrscheinlich hat der Alkohol schon seinen Geruchssinn zerstört.
»Es ist nicht ungefährlich«, sagt Alfred bedächtig. »Ich meine, wenn sie euch schnappen, kriegen wir euch von hier draußen bestimmt wieder frei. Aber man weiß nicht, wie sie euch in der Zwischenzeit behandeln.«
»Ich kann's mir schon vorstellen«, murmelt Konrad.
»Wir wissen inzwischen, dass die leiblichen Mütter oder Väter ihre Kinder zurückfordern können, wenn sie das unbedingt wollen«, sagt Alfred. »Da gibt es noch ein altes Gesetz, das keiner geändert hat. Sie haben zwar das Sorgerecht damals abgegeben, aber wenn sie es jetzt beantragen, muss *Genosan* die Kinder rausrücken. Deswegen konntest du auch zu Sofia ziehen.«

»Aber Tims Vater kann nicht einfach bei *Genosan* auftauchen«, erklärt Konrad mir so geduldig, als wäre ich ein bisschen bekloppt. »Sonst nehmen sie ihn gleich fest.«

»Und wenn wir die große Pressemeldung rausgegeben haben, kann er es erst recht nicht mehr«, sagt Alfred. »Dann wimmelt es bei *Genosan* wahrscheinlich von Kameraleuten und Untersuchungsbeamten.«

»Schon klar.« Ich nippe an meinem Saft. Ich schmecke gar nichts. Die Salbe hat meine Geruchs- und Geschmacksnerven hundertprozentig betäubt.

»Wir holen Tim noch vorher raus«, sagt Konrad, ohne mich anzusehen. »Nora und ich. Wir schaffen das.«

»Ihr müsst gut auf euch aufpassen«, sagt Alfred.

Ich werde offenbar überhaupt nicht gefragt.

Natürlich würde ich sofort ja sagen, wenn ich gefragt würde.

Aber wenn ich mir vorstelle, noch einmal in die Nähe der Blauen zu kommen, dreht sich mir vor Angst fast der Magen um.

3.

Am schwersten fällt es mir, Sofia nichts von unserem Plan zu sagen. Sofia würde mir niemals erlauben, mich den Blauen zu nähern. Sie würde mich wahrscheinlich einsperren und die Webcam-Überwachung einschalten, damit ich nicht ausbüxen kann. Immerhin habe ich Sofia davon überzeugen können, dass sie mir den Sender rausnehmen lässt. Erst wollte sie nicht so recht. Sie hat ernsthaft gesagt, der wäre vielleicht doch ganz praktisch, falls ich mich mal wieder in der Stadt verlaufe. Manchmal denke ich, dass Sofia keine Ahnung hat. Ich habe früher immer gedacht, Mütter wüssten viel mehr. So ziemlich alles.

Es war nur eine kleine Operation. Sofia hat mich sehr gelobt, weil ich mich überhaupt nicht zimperlich angestellt habe. Sie kann auch nicht wissen, dass ich an so was gewöhnt bin. An uns wurde immer mal rumgeschnippelt. Die haben ja immer versucht, uns richtiger zu machen.
Sofia kann kein Blut sehen. Sie ist fast umgekippt.
Am Abend vorher erzähle ich es Robin. Das hätte ich natürlich auch nicht gedurft. Aber ich kann nicht einschlafen. Wenn ich die Augen zumache, sehe ich die Blauen vor mir. Sie tragen Gläser voller dicker Pillen in den Händen und ein fieses Grinsen im Gesicht. Da stehe ich wieder auf. Ich gehe aufs Klo und sehe, dass Robin noch Licht hat. Wahrscheinlich spielt er wieder »Alien Maneater« auf seinem Pocket-PC und kann nicht mehr aufhören. Ich weiß nicht, was er an diesem dämlichen Spiel findet.
Ich schlüpfe in sein Zimmer ohne anzuklopfen, damit Sofia nichts hört. Es dauert eine Weile, bis Robin alle seine vier Leben verloren hat und mich ansehen kann.
»Warum schläfst du nicht?«, fragt er.
»Kann nicht schlafen.« Ich setze mich auf seine Bettkante. Komisch. Irgendwie ist Robin mir total fremd. Ich meine, sein Leben ist bisher ganz anders verlaufen als meines. Er hat viel schönere, aber auch viel schlimmere Dinge erlebt, glaube ich. Wir werden einander wahrscheinlich nie richtig verstehen. Und trotzdem habe ich das Gefühl, er ist mir vertraut. Nur weil jemand mir gesagt hat, dass er mein Bruder ist.
»Ich muss dir was erzählen.« Ich lege mich auf seine Bettdecke zurück und sehe ihm direkt in die Augen. »Aber nur, wenn du versprichst, dass du es niemandem sagst.«
Robin nickt und reißt die Augen weit auf. Er legt sogar den Pocket-PC weg.

»Ich treffe mich morgen mit Konrad.«
Robin zuckt gelangweilt mit den Achseln. Seine Finger angeln wieder nach dem PC. Ich glaube, er ist ein bisschen eifersüchtig auf Konrad.
»Wir müssen zu den Blauen«, sage ich. »Zu meiner alten Schule.«
»Wieso das denn?« Robin starrt mich an. »Willst du von hier weggehen? Kommst du dann nicht mehr zurück?«
Seine Stimme klingt so erstickt, als würde er gleich heulen. Ehrlich gesagt freue ich mich ein bisschen. Sieht so aus, als würde mich Robin inzwischen wirklich mögen.
»Klar komme ich zurück«, tröste ich ihn. »Wir müssen nur noch was erledigen.«
»Was denn?«
»Kann ich dir nicht sagen.«
Robin reibt sich die Nase. Er überlegt einen Moment lang.
»Kann ich mit?«, fragt er dann.
Erschrocken schüttle ich den Kopf.
»Das geht nicht. Aber ich bin morgen Abend schon wieder da.«
Und als ich es sage, spüre ich die Angst wieder. Hoffentlich! Hoffentlich bin ich morgen wieder da!

Inzwischen habe ich meine eigene Taschengeld-Card und es ist überhaupt kein Problem mehr, einen Fahrschein für die U-Bahn zu kaufen.
Alfred wartet an unserem Treffpunkt in seinem Auto auf uns. Ich habe mir eine schattengraue, unauffällige Kiste vorgestellt. Aber nein, Alfred Koschke fährt einen knallroten Sportflitzer, auf dessen Rückbank ich nur knapp Platz habe. Möchte mal wissen, wo wir Tim noch unterbringen sollen.
Es ist noch früh. In der Schule werden sie mich trotzdem schon

vermissen. Aber ich glaube nicht, dass die gleich bei Sofia anrufen. Ich habe noch nie gefehlt. Vorsichtshalber habe ich gestern Morgen schon allen von meinen Kopfschmerzen erzählt und ein paar Mal laut geniest. Die denken bestimmt, ich habe eine dicke Erkältung.

Obwohl die Angst wie ein halb roher Algen-Schmalz-Kloß schwer in meinem Bauch hängt, kann ich die Fahrt auch ein bisschen genießen. Es ist so schön, mal wieder einen Wald zu sehen! Ich möchte am liebsten aussteigen. Aber dann fällt mir auf, dass der Wald zu beiden Seiten eingezäunt ist. Von Zeit zu Zeit kommen wir an einem Schild vorbei, auf dem zu lesen ist: »Militärisches Übungsgelände! Betreten verboten!«

»Was üben die denn da?«, frage ich Alfred.

Bevor er antworten kann, rumst es in der Nähe heftig.

»Schießen zum Beispiel«, sagt Konrad. »Der wilde Wald gehört übrigens auch dazu.«

»Was?«

»Unser wilder Wald. Der gehört auch zum Übungsgelände. Wir können froh sein, dass uns nie irgendwelche Granaten um die Ohren geflogen sind.«

»Ihr wart ja nur ganz am Rande des Sperrgebiets.« Alfred wirft mir über den Rückspiegel einen beruhigenden Blick zu. »Und heute passiert euch bestimmt auch nichts.«

Der Wald gefällt mir nicht mehr so gut. Immerhin flitzt einmal ein rostrotes Eichhörnchen über die Straße und einmal sehe ich einen Specht, der senkrecht an einem grauen Stamm hochhüpft. Die beiden machen mir ein bisschen Mut. Sie sind so was wie ein gutes Omen.

Vielleicht haben wir auf dem Rückweg ja Tim dabei. Der freut sich wie bekloppt, wenn er wilde Tiere sieht.

Ich will es trotzdem gar nicht wahrhaben, als Alfred von der Straße abbiegt und den Schlitten einfach mitten zwischen die Dornenbüsche fährt, ohne auf den guten roten Lack Rücksicht zu nehmen.
»Von hier aus müsst ihr zu Fuß gehen«, sagt er. »Ich warte hier.«
Er wendet sich an Konrad. »Hast du deine Karte?«
Konrad nickt. Er ist wieder der coole *Genoman* persönlich. Ich weiß nicht, was Barbie an meiner Stelle tun würde. Wahrscheinlich würde sie sich auf *Genomans* starken Armen durchs Unterholz tragen lassen, weil sie mit ihren Stöckelschuhen so leicht im Morast stecken bleibt.
»Zieh nicht so ein Gesicht«, sagt Konrad streng zu mir, weil ich immer noch zögere. »Komm einfach.«
Und so stapfen wir los.
Ich habe keine Ahnung, wie Konrad es schafft, sich im wilden Wald zurechtzufinden, wo es keine Markierungen gibt.
»Wir haben doch den Kompass«, sagt er.
Den Kompass kenne ich aus den Cybergames. Aber wenn man in einem richtigen Wald steht, finde ich es viel schwieriger, ihn zu lesen.
Zweimal kreuzen wir schlammige breite Straßen.
»Da fahren sie mit den Panzern«, sagt Konrad. »Los, weiter.«
Panzer kenne ich nur aus Filmen. Ich hatte keine Ahnung, dass so nahe bei unserer Schule welche rumfahren.
Denn wir sind ganz nah an der Schule.
Plötzlich stehen wir am Waldrand. Und da unten liegt sie.
Ich ducke mich automatisch hinter einen Busch.
Da unten liegt mein Zuhause. Mutter und Vater. Meine Familie.
Da unten sind sie alle. Rika und Nelly und Tim und alle anderen.
Aber das war früher.

Das ist nicht mehr mein Leben.
In meinem jetzigen Leben möchte ich mich umdrehen und weglaufen und das alles vergessen.
Tim und Nelly möchte ich natürlich nicht vergessen. Die würde ich schon lieber mitnehmen.
Konrad zieht mich wieder an der Hand zwischen die Bäume. Jetzt ist es ganz nah bis zu Ariels Verschlag. Hoffentlich geht es Ariel und ihrer Familie gut! Die letzten Nächte waren frostig.
Konrad geht voraus zum Verschlag.
Ich höre ihn leise lachen.
»Was ist?«
»Wie sehen die denn aus!« Konrad öffnet die Tür des Verschlags und holt Ariel heraus. Sie hat ein so langes, dichtes Fell, dass sie fast nicht aus den roten Augen gucken kann.
»Sie haben ein Winterfell gekriegt«, sage ich. »Das hatte ich dir doch erzählt.«
Konrad streichelt Ariel. Dann gibt er sie mir und sieht sich die drei Jungen an, die neugierig gegen das Gitter drängen. Sie sind schon fast so groß wie Ariel und passen eigentlich gar nicht mehr in den Verschlag.
»Sie haben keine Futterreste im Käfig«, stellt Konrad fest. »Wir sind schon mal nicht zu spät.«
Ich schaue auf die Uhr.
»Das Mittagessen ist gleich vorbei. Dann müsste Tim kommen.«
Wir kauern uns hinters Gebüsch und warten. Im Film dauert es nicht so lang. Im Film schlafen den Helden keine Füße ein und die Hosen saugen sich nicht mit eiskaltem Matsch voll. Im Film gibt es einfach einen Schnitt, zack. Das erspart viel Generve.
Aber das Warten lohnt sich.
Tim ist pünktlich. Ich höre seine vorsichtigen Schritte durch den

Wald näher kommen. Tim geht immer ganz leise, weil er die wilden Tiere nicht verjagen will. Und dann steht er plötzlich vor uns. Das heißt, er steht vor Ariels Verschlag und nestelt an der Tür. Wie klein er noch ist! Viel kleiner als Robin.

»Hallo. Ich hab was besonders Leckeres für euch«, sagt er und gräbt in seiner Tasche.

Ich sehe Konrad an. Wenn wir jetzt einfach aus dem Gebüsch springen, erschreckt sich Tim zu Tode.

»Tim!«, wispert Konrad leise. »Tim!«

Tim sieht auf. Er wirkt gar nicht ängstlich, nur erstaunt. Ich bin so froh, ihn zu sehen, dass ich es nicht aushalte. Ich springe einfach auf und drücke Tim an mich.

»Nora!«, ruft Tim laut, dann hält er sich schnell die Hand auf den Mund.

»Was machst du hier?«, fragt er leiser.

Bevor ich antworten kann, kriecht Konrad aus dem Gebüsch, und jetzt flippt Tim natürlich völlig aus. Er hüpft auf und ab, boxt Konrad in den Bauch, grinst erst von einem Ohr zum anderen, guckt dann wieder düster und böse, muss dann aber doch wieder lachen.

Konrad geht in die Hocke.

»Tim«, sagt er ernst. »Wir haben nicht viel Zeit. Du kannst mit uns kommen. Aber wenn du das willst, dann musst du dich sofort entscheiden. Du darfst nicht noch mal zurückgehen. Wir können dich sofort mitnehmen.«

Ich sehe ihn an. Hat er nicht was vergessen? Aber Konrad wirft mir einen strengen Blick zu. Er will offenbar nicht, dass ich Tim von seinem Vater erzähle. Das finde ich nicht in Ordnung. Jemand, der einen Vater hat, sollte das unbedingt wissen. Wie soll er sich denn sonst entscheiden können?

Aber Tim nickt einfach nur, als wäre alles ganz selbstverständlich. Er geht zu Ariels Verschlag, nimmt Beta heraus und hält sie mir hin. Ich packe sie mir auf den Arm. Tim dreht sich wieder um und greift jetzt nach Liose.
»Was machst du?«, fragt Konrad.
»Die müssen doch auch mit!«
»Das geht nicht«, sagt Konrad streng. »Wir können sie nicht mitnehmen.«
»Dann bleibe ich auch hier.« Tim presst die Lippen zusammen. Er verschränkt die Arme. Ich kenne ihn. Das meint er ernst.
»Du kannst sie doch freilassen«, sage ich. »Die finden immer was zu fressen.«
Tim schüttelt den Kopf.
»Die verlaufen sich. Die haben Angst.«
»Nelly wird sich bestimmt um sie kümmern.«
Tim schüttelt den Kopf. »Nelly macht das nicht richtig.«
»Warum denn nicht?«
Tim schüttelt einfach noch mal den Kopf.
»O Mann!«, sagt Konrad und sieht Tim ratlos an. »Das hätten wir uns denken können.«
»Ich sage es Nelly«, sage ich. »Ich sage ihr, dass sie sich um Ariels Familie kümmern soll.«
»Wie willst du das machen?« Konrad runzelt die Stirn.
»Nelly wartet im Paradiesgarten auf mich«, sagt Tim. »Sie passt auf, dass mich keiner sieht.«
Ich schaue Konrad nicht an. Mein Entschluss steht fest. »Ich flitze schnell hin. Ich sage es Nelly. Und dann komme ich sofort wieder.«
»Das lässt du schön bleiben«, sagt Konrad wütend, aber ich rase einfach los. Ich habe eigentlich was ganz anderes vor, aber das

will ich Konrad nicht verraten. Ich werde Nelly bitten, mit uns zu kommen. Sofia lässt sie bestimmt bei uns wohnen, bis wir ihre Mutter gefunden haben. Schließlich ist sie so was wie eine Schwester von mir. Mir wird allmählich schwindelig von all den Brüdern und Schwestern und Müttern.
Den Weg finde ich wie im Schlaf. Als wäre ich gestern noch hier gewesen. Da ist schon der Zaun des Paradiesgartens und unsere Kletterstelle. Ich springe drüber und ducke mich auf der anderen Seite unter einen Pizzaduftstrauch. Mann, heute kann ich den Duft aber überhaupt nicht vertragen. Mir wird beinahe schlecht.
Ich sehe Nelly. Sie sieht auf die Uhr. Dann starrt sie auf den Zaun. Ihr Gesicht wirkt angespannt.
Ich hole tief Luft.
Soll ich wirklich?
Eins ist klar: Nur wenn Nelly auch mitkommt, ist die Familie wieder komplett.
Ich richte mich auf und gehe auf sie zu.

4.

Im ersten Moment denke ich, Nelly erkennt mich gar nicht mehr. Ja, gut, ich bin jetzt eine von denen da draußen. Aber ich bin doch trotzdem nicht richtig. Daran ändern doch die Stadtklamotten nichts.
»Hallo, Nelly«, sage ich. Und bleibe einen Schritt vor ihr stehen.
Nelly starrt mich an.
»Wo ist Tim?«, fragt sie nur.
»Noch draußen. Im Wald.« Ich trete jetzt doch näher an sie ran. Ich möchte sie am liebsten schütteln. »Hey, erkennst du mich nicht? Ich bin's. Deine beste Freundin.«

Plötzlich lächelt Nelly. Ich atme auf.
»Ist Konrad auch da?«
Ich nicke. »Ja. Wir wollen Tim holen. Nelly ...« Ich zögere. Aber ich muss es ihr sagen. »Nelly, Konrad hat Recht gehabt. Wir haben richtige Eltern. Wir können die auch finden. Wenn du mit rauskommst, können wir deine Mutter suchen. Wir ...«
Ich stocke. Ich habe ja keine Ahnung, ob Nellys Mutter oder Vater sie überhaupt sehen will. Ich und Tim, wir haben Glück gehabt. Aber was ist mit den anderen?
Nelly starrt mich an. »Was redest du da, Nora? *Genosan* ist Mutter und Vater für uns.«
»Ja, schon ... Nelly, ich kann dir das alles jetzt nicht erklären. Aber du kannst mitkommen. Wir nehmen dich mit in die Stadt. Du kannst bei mir und meiner Mutter wohnen.«
Jetzt lächelt Nelly wieder von einem Ohr bis zum anderen.
»Echt? Ihr würdet mich mitnehmen?«
Ich nicke. Mein Herz klopft.
»Kommst du mit? Wir zeigen dir dann alles. Die Stadt ist gar nicht so gefährlich.«
Nelly nickt.
»Warte hier. Ich hol mir ein paar Sachen, ja?«
Ich zögere. »Wir haben nicht viel Zeit. Wir müssen schnell zurück.«
»Ich habe nicht mal eine Jacke. Willst du, dass ich im Wald erfriere?«
»Quatsch.« Nelly hat natürlich Recht. »Aber beeil dich. Ich warte da vorne auf dich.«
»Ich bin gleich wieder da.«
Nelly flitzt los. Ich ducke mich wieder in den Pizzaduftstrauch. Mir ist kalt. Mir ist unheimlich. Die anderen sind bestimmt ungedul-

dig. Aber ich kann Nelly nicht einfach hier lassen. Wir waren so lange gute Freundinnen.
Ich brauche nicht lange zu warten. Wieder nähern sich Schritte. Ich ducke mich noch tiefer.
»Da vorne versteckt sie sich«, höre ich Nellys Stimme.
Wenn das ein richtiger Paradiesgarten wäre, der jeden Wunsch erfüllt, dann würde die Erde sich jetzt öffnen und mich verschlingen. Tut sie aber nicht. Sie lässt mich einfach mit meinem rasenden Hasenherzen da oben sitzen und darauf warten, dass mich ein Blauer aus dem Gebüsch zerrt.
Jemand steht vor mir.
Ich kneife die Augen zu.
»Steh auf, Nora«, sagt Rikas Stimme.
»Sie wollte mich entführen«, plappert Nelly eifrig. »Und Konrad und Tim sind da draußen im Wald. Tim wollen sie nämlich auch entführen.«
Ich mache die Augen auf. Rika steht über mir, schaut mir direkt in die Augen. Das ist auch gut so, denn ich komme gar nicht dazu, Nelly anzusehen.
»Ist das wahr?«, fragt sie streng.
Ich senke einfach wieder den Kopf.
»Wir müssen es der S.M. melden.« Nora zerrt an Rikas Ärmel.
Rika dreht sich zu ihr um. Vielleicht kann ich unter ihrem Arm durchschlüpfen, wenn sie einen Moment nicht aufpasst? Aber wenn ich abhaue und sie mich verfolgen, kriegen sie auch Tim und Konrad.
»Pass auf, Nelly«, sagt Rika langsam. »Ich habe einen Plan. Wenn wir Tim und Konrad erwischen wollen, müssen wir jetzt sehr vorsichtig sein.«
Vorsichtig! Ich könnte kotzen. Mitten in den Pizzaduft.

»Du gehst in dein Zimmer und sprichst mit niemandem ein Wort«, sagt Rika eindringlich zu Nelly. »Hast du das verstanden?«
Nelly sagt nichts. Ich schiele zu ihr rüber. Sie starrt Rika verständnislos an.
»Geh schon«, zischt Rika. »Wenn hier plötzlich eine Riesenaufregung herrscht, hauen Konrad und Tim bestimmt ab. Ich mache das ganz alleine.«
Nelly zögert, aber dann dreht sie sich um und geht den Weg hinunter zum Ausgang des Paradiesgartens. Rika sieht ihr nach, bis sie verschwunden ist. Sie atmet schwer. Dann schaut sie mich wieder an.
»Mach, dass du wegkommst«, sagt sie.
Ich starre sie an.
Sie packt mich an der Schulter, stößt mich in Richtung Zaun.
»Los, beeil dich! Ich weiß nicht, wie lange Nelly dichthält.«
Ich kann mich immer noch nicht bewegen. Ist das jetzt eine Falle? Ich verstehe überhaupt nichts mehr. Mir ist nur noch zum Heulen. Da nimmt mich Rika in den Arm und drückt mich. Sie lässt mich aber ganz schnell wieder los.
»Geh!«
Und diesmal gehe ich wirklich. Ich renne sogar. Ich weiß gar nicht, wie ich das schaffe. Als ich über den Zaun klettere, ist es, als würden mir meine Arme und Beine gar nicht gehören. Aber diese Beine rasen zum Waldrand. Diese Arme schieben Zweige zur Seite, die mir sonst in die Augen peitschen würden.
Konrad und Tim warten auf mich. Konrad hat Benzo unterm Arm. Tim trägt Ariel.
»Schnell, wir müssen weg!«, rufe ich von weitem. »Nelly hat uns verraten!«
»Du nimmst die dritte«, sagt Konrad nur knapp, ohne nachzufra-

gen, und schnappt sich Beta aus dem Käfig. Ich greife nach Liose. Sie drängt sich an mich.
Wie angenehm sich ihr dichtes Winterfell anfühlt!
Und wie merkwürdig, dass ich in diesem Moment überhaupt irgendwas angenehm finden kann.
Und wieder rasen wir durch den Wald. Ich schaue einfach nur auf Konrads Schuhe. Schlammgetränkte, ehemals weiße Sportschuhe, die vor mir her durch das sumpfige Laub flitzen. Die flitzen so schnell. Konrad scheint den Weg genau zu kennen. Er bleibt keine Sekunde stehen, bis wir Alfreds Auto wiedergefunden haben.
»Jetzt aber nichts wie los«, sagt Alfred und springt schon hinter das Steuer.

Alfreds roter Flitzer ist eindeutig nicht für einen Erwachsenen, drei Kinder und vier CX4s gemacht. Wir stapeln uns praktisch auf dem Rücksitz. Liose sitzt quer über meinem Gesicht. Sie riecht nach kompostiertem Müll. Ich bin ganz froh, dass ich nichts sehe. Leider wirkt die kuschelige Liose nicht gegen die Bilder in mir drin. Nelly. Rika. Nelly, die mich verraten hat. Rika, die mich gerettet hat. Alles ganz anders, als ich es erwartet hätte. Nelly ist nicht meine Familie. Nelly ist nur noch Vergangenheit. Die ganze Schule, der Paradiesgarten, der wilde Wald ist nur noch Vergangenheit. So ähnlich muss es sein, wenn man älter wird. So alt, dass es alle möglichen Leute und Orte nur noch in der Vergangenheit gibt.
Ich spüre im Bauch, wie schnell das Auto durch den Wald saust. Das ist schon wieder ein eher gutes Gefühl. Es mag kein bequemes Fluchtauto sein, aber es fährt total schnell.
»Verfolgen sie uns?«, fragt Konrad alle paar Minuten.
»Ich sehe noch niemanden«, antwortet Alfred dann. Mir gefällt es

gar nicht, dass er das »noch« so betont. »Wie geht's euch dahinten?«
»Gut«, sagt Tim. Er ist der Einzige, der ganz ruhig wirkt.
In Lioses Bauch grummelt es heftig. Hoffentlich wird ihr im Auto nicht schlecht. Ich stelle es mir nicht besonders lustig vor, wenn man von einem CX4 halb verdauten Müll auf die Hose gekotzt kriegt.
Obwohl das eine meiner kleinsten Sorgen ist.
»Dich setzen wir gleich zu Hause ab«, sagt Alfred zu mir, als wir schon auf den Innenstadtring eingebogen sind. »Wir dürfen uns nicht lange aufhalten. Konrad und Tim müssen über die Grenze. Und ich werde mich auch erst mal zurückziehen und brav meine Reagenzgläser verkaufen.«
»Was ist mit den Dateien? Ich denke, ihr habt die geknackt?«
»Die DVDs mit den gesamten Daten liegen beim Online-Kurier. Morgen geht es los. Morgen hat *Genosan* ganz andere Sorgen.«
»Wieso bei der Zeitung?«, frage ich enttäuscht. »Wieso nicht beim Fernsehen? Das interessiert die Leute doch viel mehr.«
Konrad grinst verächtlich. »Rate mal, wem die Fernsehsender gehören.«
»Genosan«, murmle ich niedergeschlagen.
»Du hast es bis vor kurzem auch nicht gewusst«, sagt Alfred streng zu Konrad.
»Der Online-Kurier ist eine der letzten Zeitungen, die nicht dem *Genosan*-Konzern gehören und die sie auch noch nicht kaputtgekriegt haben«, fährt Alfred fort. »Sie sind die Einzigen, die unsere Geschichte bringen können.«
»Wer liest schon den Online-Kurier«, brummt Konrad. »Der ist den Leuten doch nicht bunt genug.«
»Den lesen inzwischen mehr Menschen, als du denkst«, sagt Al-

fred. »Und es sind immer noch einflussreiche Leute darunter. Leute, die nicht einfach alles hinnehmen wollen. Leute, die *Genosan* anklagen werden.«
»Und was wird aus mir?«, meldet sich Tim. Zum ersten Mal fragt er überhaupt etwas.
»Konrad bringt dich über die Grenze«, sagt Alfred. »Wir haben deinen Vater gefunden. Er kann dich nicht selbst abholen, aber er erwartet dich.«
Ich finde das nicht fair. Ich finde, so etwas darf man ohne Vorwarnung niemandem erzählen, der irgendwo eingequetscht hinten in einem Flitzauto sitzt und einem nur im Rückspiegel in die Augen sehen kann.
Ich drücke Tim einfach an mich. Er schweigt. Ich habe keine Ahnung, was in ihm vorgeht.
Vielleicht ist er total platt.
Vielleicht ist Tim auch der Mutigste von uns allen.
»Was ist mit deiner Mutter?«, frage ich Konrad. »Willst du sie nicht suchen?«
Aber Konrad schüttelt heftig den Kopf.
»Ich habe keine Mutter«, sagt er. »Die kann mir gestohlen bleiben. Die soll mit ihrem absolut vollkommenen Garantie-Ersatzkind bleiben, wo sie ist.«
Robin ist gar nicht so vollkommen, denke ich. Er ist richtig nett. Und Sofia, Sofia hat trotzdem an mich gedacht. Sofia wollte mich wiederhaben.
»Wenn es so weit ist, werden Lisa und ich Konrad zu uns holen«, sagt Alfred.
»Geht das denn?«
»Sonst will mich ja doch keiner haben«, knurrt Konrad.
Alfred ignoriert diese Bemerkung.

»Es wird bestimmt nicht einfach. Aber wir lassen uns was einfallen. Wir kennen ja durch die Dateien den Namen von Konrads Mutter. Ich könnte mir vorstellen, dass sie mir das Sorgerecht überträgt. Sie hat bestimmt kein Interesse daran, dass wir Konrads Geschichte an die Presse verkaufen.«
Das macht mich natürlich tierisch neugierig. Ist Konrads Mutter etwa eine berühmte Schauspielerin oder eine Prinzessin oder so was? Leider verrät Alfred nichts weiter, Konrad presst die Lippen zusammen und außerdem sind wir auch schon vor dem Haus angekommen, dessen Fassade ich inzwischen von den anderen unterscheiden kann.
»Konrad geht mit hoch«, sagt Alfred. »Die CX4s bleiben bei dir.«
»Gar nicht! Die nehme ich mit!«, schreit Tim. Er strampelt mit den Beinen wie ein Kleinkind.
Alfred dreht sich zu ihm um. Zum ersten Mal wirkt er ein bisschen ungeduldig.
»Und wie bitte schön möchtest du deinen Zoo über die Grenze bringen?«
»Konrad schafft das«, sagt Tim nur.
Konrad presst die Lippen zusammen.
»Sag's ihm.« Alfred stupst ihn an.
»Das geht nicht, Tim.« Konrad schluckt schwer. »Wir dürfen an der Grenze nicht auffallen.«
»Nora wird gut für sie sorgen.«
»Ich weiß nicht, was Sofia dazu sagt«, murmle ich, aber dann fällt mir selbst auf, dass danach keiner gefragt hat.
Tim presst Ariel an sich.
»Wenn mein Vater die nicht haben will, dann bleibe ich nicht bei dem. Dann komme ich sowieso zurück.«
»Darum geht es doch gar nicht!«, sagt Konrad ärgerlich.

Alfred wirft einen Blick in den Rückspiegel.
»Beeilt euch lieber. Wir könnten hier natürlich auch warten, bis die Blauen auftauchen.«
Ich gehe einfach mit Liose auf den Hauseingang zu. Nachdenken will ich jetzt nicht. Verabschieden will ich mich auch nicht. Es ist nicht fair, dass Konrad und Tim jetzt einfach verschwinden. Dass sie mich einfach mit meiner neuen Familie allein lassen.
Es ist komisch, wenn man zwei Familien hat. Eine richtige und eine, die man schon sein Leben lang kennt.

5.

Ich habe erwartet, dass Sofia mir die Ohren lang zieht. Hat sie aber nicht getan. Na ja, sie hatte auch alle Hände voll zu tun. Sie musste vor der Hausdurchsuchung alle zerbrechlichen Sachen zur Seite räumen. So können die Polizisten Tischdecken runterziehen und Schubladen auskippen, ohne größeren Schaden anzurichten. Sofia muss schon viele Filme gesehen haben, in denen Häuser durchsucht wurden.
Die benehmen sich wie wild gewordene Schweine. Ich weiß nicht, was die sich vorstellen. Dass Tim oder Konrad sich in einer Schublade verstecken?
Ich habe natürlich Angst. Die Polizisten kommen in Begleitung von zwei *Genosan*-Guards. Die sehen mich die ganze Zeit so eiskalt an, als würden sie mich liebend gerne mit ihren Wundermitteln bearbeiten. Wahrscheinlich haben sie den ganzen Kofferraum voller Pillen. Aber Sofia sagt, mir kann nichts passieren. Sie können mir nichts beweisen. Tatsächlich rühren mich die Guards nicht an. Die Polizisten stellen mir ungefähr hundertmal die gleiche Frage – wo Konrad und Tim jetzt sind –, aber weil ich immer

nur sage, dass ich keine Ahnung habe, geben sie irgendwann auf.
»Und wo haben Sie die her?«
Einer der blauen Guards deutet auf den Käfig mit den drei CX4-Geschwistern. Die drängeln sich eng aneinander und glotzen ratlos in die Verwüstung, die die Polizisten angerichtet haben.
»Die hab ich zu *Chromosome Day* bekommen«, antwortet Robin wie aus der Pistole geschossen. »Obwohl meine Mama Tiere gar nicht mag. Ich war nämlich total krank. Ich wäre fast gestorben.«
»Siehst aber sehr lebendig aus«, brummelt der eine Guard, aber er zuckt trotzdem ein bisschen zurück. Vielleicht denkt er, dass an den CX4s irgendwelche tödlichen Bakterien kleben. Oder er hat doch noch so was wie einen Rest schlechten Gewissens.
Der andere Guard drängelt sich vorbei und fasst in den Käfig. Er hebt die zappelnde Liose am Nackenfell hoch und inspiziert ihre Ohrmuscheln.
»Und, haben sie einen Chip?«, fragt der erste Guard.
Der zweite schüttelt den Kopf. Er betrachtet Liose noch mal angewidert, bevor er sie absetzt.
»Das ist ja ein Krüppel. Aus so was machen wir normalerweise gleich Hundefutter.«
»Wenn sie keine Chips haben, sind sie nicht von uns«, sagt der erste. »Unsere haben alle Chips. Die kriegen sie sofort nach der Geburt.«
Und da bin ich echt froh, dass Tim Ariel mitgenommen hat. Obwohl ich nicht weiß, wie er die über die Grenze schaffen will. Da finden die den *Genosan*-Chip doch auch. Es sei denn, Alfred hat Ariels Ohren mit seiner Anti-Sende-Salbe eingeschmiert. Dann fallen die Zöllner einfach nur bewusstlos um und Tim und Konrad können unbehelligt durchgehen.
Ich frage mich, wie Tim sich wohl fühlt. Ob er sich auf seinen Va-

ter freut oder ob er Angst hat oder beides. Wahrscheinlich beides. Gut, dass er Konrad dabeihat. Konrad wird auf ihn aufpassen. Tim braucht Konrad im Moment dringender als ich selbst. Ich könnte ihn auch ziemlich gut gebrauchen. Aber ich weiß ja, dass er zurückkommt.

Ich wünsche mir nur, dass diese Zeit ganz schnell vorbeigeht.

Ich weiß nicht, ob ich froh sein soll oder traurig. Ich habe gedacht, wir können jetzt alle zusammenbleiben, wir *Genosan*-Kids und unsere richtigen Familien. Ich habe gedacht, Konrad kann vielleicht sogar in meine Schule gehen. Alfred hat gesagt, später vielleicht. Es ist nichts unmöglich. Aber alles dauert noch und ich muss Geduld haben.

Ich darf nicht mal mehr auf die Dächer. Alfred sagt, es ist zu gefährlich. Die könnten mich beobachten. Manchmal liege ich nachts da und lausche, ob ich Mecki Klavier spielen höre. Aber natürlich ist er viel zu weit weg.

Jetzt ist es wieder wie ganz am Anfang in der Stadt. Ich habe keinen mehr außer meiner neuen Familie. Ich habe nicht mal mehr die Hoffnung, Konrad zu treffen.

Wenn ich es nicht mehr aushalte, kann ich Tim und Konrad vielleicht da drüben besuchen. Ich möchte zu gerne wissen, was für ein Typ sein Vater ist. Wenn er immer noch bekloppt ist, so wie damals, als er Tim weggegeben hat, nehmen wir Tim und Ariel einfach wieder mit. Sie können bei mir und Robin und Sofia wohnen. Ich glaube nicht, dass Sofia was dagegen hätte.

Heute steht es endlich in der Zeitung. Es ist eine ganz fette Schlagzeile. »Pfusch an der Schöpfung – die gefährlichen Machenschaften des *Genosan*-Konzerns«. Und drunter steht ein bisschen kleiner: »Missgebildete Kinder werden in Konzernschulen zu Sklaven herangezogen.«

Das sieht sehr eindrucksvoll aus. Aber am besten sind die drei Animationen (ein CX4 frisst eine alte Blechdose; ein Kalb mit zwei Köpfen wird geboren; ein dickes Auto fährt durch eine streng bewachte Schranke, im Auto sitzen Männer mit dunklen Sonnenbrillen) und eine ganze Menge Fotos. Es ist sogar ein Foto von Konrad dabei.

Schon deswegen musste er wohl mit Tim über die Grenze gehen.

Ich habe ja wirklich gedacht, den Online-Kurier liest kein Schwein. Wenn eine Nachricht nicht im Fernsehen ist, dann interessiert sie keinen. Ja, gut, so eine Online-Zeitung hat natürlich auch bewegte Bilder, aber das ist nicht das Gleiche. Nachrichten im Fernsehen sind so echt wie ein Spielfilm. Zeitungen sind viel anstrengender.

Aber als ich in die Schule komme, fällt mir gleich auf, dass manche mich von der Seite her komisch anschauen.

Nicht wie sonst. Nicht wie wenn sie sich über mein Seekuhgesicht lustig machen. Sie sehen mich an wie jemanden, der aus einer anderen Welt kommt und eine ganze Menge weiß, aber nicht darüber spricht. Misstrauisch und neugierig. Als wollten sie mit mir reden, aber eigentlich doch lieber nichts hören.

In der ersten Pause zwischen den Schulstunden setzen sich Céline und ein paar andere zu mir.

»Du kommst aus einer *Genosan*-Schule, oder?«, fragt Céline unverblümt.

Céline ist nicht doof. Sie hat mir meine Internatsgeschichten nie so ganz abgenommen. Kann natürlich sein, dass ich mir ein paar Mal widersprochen habe.

Ich nicke einfach.

»Wahnsinn«, murmelt Pitt. »Nora war in der Monsterschule.«
Ich spüre, dass ich einen roten Kopf kriege.
»Halt doch die Klappe«, sagt Céline wütend. Dann wendet sie sich wieder an mich.
»Du musst uns unbedingt erzählen, wie es da war.«
»In der Zeitung steht, ihr habt da Monsterhaustiere«, kichert Mareike. »Und Monstertopfpflanzen.«
»Und die Lehrer sind auch richtige Monster.«
»Sind sie in unserer Schule doch auch.«
Gekicher. Und wie aufs Stichwort kommt Herr Rhesus zur Tür rein. Herr Rhesus unterrichet Fortschrittskunde. Das ist so ähnlich wie Info. In Fortschrittskunde bin ich nicht besonders gut. Mir wird immer ein bisschen schlecht, wenn ich die Schaubilder und Filme von Herrn Rhesus sehe. Wahrscheinlich, weil sie mich so an meine alte Schule erinnern. Da habe ich wirklich eine Überdosis abgekriegt.
»Worum geht's?«, fragt Herr Rhesus und knallt seine Aktentasche auf das Pult.
»Um *Genosan*«, sagt Céline. »Um das, was heute Morgen im Online-Kurier steht.«
Herr Rhesus runzelt die Stirn.
»Über diesen Unsinn möchte ich hier überhaupt nicht reden«, sagt er. »Wir reden hier über den Fortschritt. Nicht über Ewiggestrige, die den Fortschritt verhindern und uns in die Steinzeit zurückführen wollen.«
Ich versuche Herrn Rhesus mit meinem Blick zu erdolchen. Aber er klappt unbeeindruckt seine Tasche auf und fischt seine Unterlagen heraus.
»Wir waren bei unserer modernen Ernährung stehen geblieben«, sagt er. »Céline, du kannst mir doch bestimmt in kurzen Worten erklären, warum genetisch unveränderte Nahrungsmittel nach

den neuesten Erkenntnissen so vollkommen gesundheitsschädlich sind.«
Von Herrn Rhesus habe ich nichts anderes erwartet.
Was für ein Glück, dass wir danach Deutsch haben. Frau Schmankowski ist anders. Frau Schmankowski hat heute Morgen den Online-Kurier gelesen. Wir klappen alle unsere Learner-PCs auf, suchen uns den *Genosan*-Artikel aus dem Netz heraus und dann reden wir zwei Stunden lang über das, was die Zeitung über *Genosan* und über meine alte Schule geschrieben hat.
Ich sage nicht viel dazu. Es fühlt sich komisch an, wenn so viele Leute über *Genosan* reden. Dabei ist *Genosan* doch nur ein Teil von meinem Leben, nicht vom Leben der anderen.
Je länger sie reden, desto deutlicher wird mir, dass das gar nicht stimmt. Eine ganze Anzahl meiner Mitschüler stammt aus den *Genosan*-Labors, so wie ich. Mit dem Unterschied, dass bei ihnen alles geklappt hat. Vielleicht hat aber auch der eine oder andere eine misslungene Schwester oder einen unvollkommenen Bruder bei *Genosan*. Darüber haben sie sich allerdings offenbar noch nie Gedanken gemacht. Auch nicht über ihre tägliche Phosphorcola und die Lezithinröllchen und darüber, was *Genosan* schon so alles angerichtet hat.
Pitt ist ein echt vollkommenes *Genosan*-Kind. Er ist groß und sportlich, hat strahlende blaue Augen und weiße, sehr gleichmäßige Zähne, und er ist natürlich intelligent. Pitt ist der Einzige, der *Genosan* voll und ganz verteidigt.
»Ich weiß nicht, was dagegen einzuwenden ist, wenn eine Firma sich darum bemüht, Krankheiten auszurotten und die Welternährung zu verbessern.« Pitt schreit es fast. »Der Mensch kann ein vollkommenes Geschöpf werden. Warum sollten wir diese Chance nicht nutzen?«

Aber keiner hört ihm so richtig zu.
Nur Mareike senkt den Kopf.
»Mein Vater sagt, denen vom Online-Kurier darf man nichts glauben«, flüstert sie fast entschuldigend. »Er sagt, man müsste den Kurier verbieten und die Redakteure einsperren. Weil die das ganze System abschaffen wollen.«
»Noch haben wir Pressefreiheit!«, sagt Frau Schmankowski streng. Dann verzieht sie ein bisschen das Gesicht. »Na ja, zumindest offiziell. Die Wirklichkeit sieht natürlich anders aus. Wenn alle Zeitungen und alle Fernsehsender einer einzigen Firma gehören …«
Der Firma *Genosan*.
Das Wort klingt jetzt ganz anders als früher.
Genosan war ein Teil meines Lebens. Eigentlich war *Genosan* lange Zeit sogar mein ganzes Leben. Als ich in die Stadt kam, habe ich *Genosan* für mein Privatproblem gehalten, für meine ganz eigene Geschichte.
Erst an diesem Morgen kapiere ich, dass *Genosan* alle angeht. Auch die Leute hier draußen. Auch die Richtigen und die Vollkommenen. Dass eigentlich alle Angst vor den Blauen haben müssen. Dass sich alle gegen die Blauen wehren müssen.
Die zwei Schulstunden gehen viel zu schnell vorbei.
Am Ende verspreche ich, für die nächste Stunde ein CX4 mitzubringen. Die meisten haben noch nie eins gesehen, außer im Fernsehen. Céline bietet mir an, mir jeden Tag ihren Müll aufzuheben, damit uns das Futter nicht ausgeht. Aber ich glaube, Robin, Mama und ich produzieren auch allein genügend Müll für drei CX4-Kinder.

Jetzt kann also jeder nachlesen, dass *Genosan* die Schöpfung gar nicht vollkommen macht. Die Menschen nicht, die Tiere nicht,

das Wetter nicht und überhaupt gar nichts. Dass sogar vieles weit schlechter geworden, ist als es früher war. Und dass den Leuten von *Genosan* trotzdem schon fast die ganze Welt gehört.
Die Leute, die das lesen, kriegen hoffentlich einen Wahnsinnsschreck. Ich könnte mir vorstellen, dass von denen keiner mehr ein vollkommenes Kind von *Genosan* haben will.
Vielleicht wird es Mode, ein unvollkommenes Kind zu haben.
Das wäre doch stark, wenn plötzlich gar keiner mehr aussehen würde wie im Fernsehen. Alle hätten schiefe Nasen und Hasenscharten und Warzen und würden schielen und stottern und hätten braune Flecken im Gesicht. Irgendwann würde sich womöglich keiner mehr daran erinnern, dass daran irgendwas nicht richtig ist.
Genoman kann dann als Nachtwächter arbeiten oder so was. Oder sich im Museum ausstellen lassen.
Vielleicht wird es sogar noch viel besser. Vielleicht kaufen die Leute auch kein Essen und keine Pflanzen mehr von *Genosan*. Nie wieder Lezithinsoße und Schocuja. Freiheit für alle Pusteblumen! Die Leute müssen ja mal kapieren, dass wir so was wie den Paradiesgarten gar nicht wirklich brauchen. Weil der wilde Wald viel schöner ist.
Auch wenn er kein bisschen nach Pizza riecht.

6.

Das hier ist meine allerletzte Flaschenpost. Wenn ich sie abgeschickt habe, werde ich erst mal eine lange Mail an Konrad schreiben. Komische Sache mit der Flaschenpost. Ich habe keine Ahnung, ob jemals irgendjemand eine meiner Nachrichten gelesen hat oder ob sie einfach so im Netz versickert sind. Oder ob sie noch

immer drin rumschwirren und ich selber sie eines Tages rausangeln könnte. Oder sogar meine Kinder oder Enkel, falls ich so was jemals habe.
Die Flaschenpost war eine gute Sache. Ich war froh, das Durcheinander in meinem Kopf loswerden zu können.
Aber jetzt habe ich die Möglichkeit, an einen richtigen Freund zu schreiben. Einen mit einem Namen, einer Adresse und einem Gesicht. Also ehrlich gesagt, ich weiß gar nicht, in welchem Land sich Konrad und Tim verstecken. Das hat mir keiner verraten. Womöglich müssen sie jetzt Rindensuppe aus Kürbisschüsseln löffeln oder so was. Na, Hauptsache, die Blauen sind nicht mehr hinter ihnen her. Ich habe ja immerhin die Mail-Adresse.
Wenn ich an Konrad schreibe, sehe ich sein Gesicht vor mir. Ich sehe, wie er die Augenbrauen hochzieht oder den Kopf schüttelt. Ich sehe, wie er lacht oder sich an der Nase kratzt, wenn er über eine meiner Ideen länger nachdenken muss.
Und was am allerbesten ist:
Konrad kann mir antworten.
Wenn man einfach nur eine Flaschenpost schreibt, kann man nicht wissen, ob man jemals eine Antwort bekommt. Selbst wenn jemand den Brief gefunden hat, weiß er nicht genau, wohin er schreiben soll. Es gibt so viele Inseln. Der Finder kann nicht mal sicher sein, ob derjenige, der die Flaschenpost losgeschickt hat, nicht inzwischen verhungert oder von Haifischen angeknabbert worden ist. Er kann sich die Briefe aufheben und immer wieder durchlesen, und vielleicht stellt er sich manchmal auch vor, wie der Briefeschreiber wohl aussah. Aber eine Antwort kann man nicht erwarten.
Ich habe ja überlegt, ob ich in meine letzte Flaschenmail doch noch ein Foto reinpacke, aber jetzt tue ich es doch lieber nicht.

So, und jetzt mache ich Schluss. Ich muss Konrad so viel erzählen. Und wenn ich allzu spät ins Bett gehe, schlafe ich morgen mal wieder in der Schule ein.
Also dann. Ich verabschiede mich jetzt.
Bis dann.
Tschüs.

Imprimé en France
par Normandie Roto Impression s.a.s.
61250 Lonrai
N° d'impression : 2104828
S31480/01

MIXTE
Papier issu de
sources responsables
FSC® C003309

L'éditeur de cet ouvrage s'engage dans une démarche de certification FSC® qui contribue à la préservation des forêts pour les générations futures.

Pour en savoir plus :
www.editis.com/engagement-rse/

www.pocketjeunesse.fr
PKJ • POCKET JEUNESSE

92, avenue de France – 75013 Paris

Ouvrage composé par
PCA – 44400 Rezé